Honorable Beggars

Hagop Baronyan

ՄԵԾԱՊԱՏԻՎ ՄՈՒՐԱՑԿԱՆՆԵՐԸ

ՀԱԿՈԲ ՊԱՐՈՆՅԱՆ

Honorable Beggars

For information and contact visit our website at:
www.IndoEuropeanPublishing.com

Cover Design by Indo-European Design Team

ISBN: 978-1-60444-605-0

IndoEuropean
Publishing.com
Los Angeles, CA, USA

ՄԵԾԱՊԱՏԻՎ ՄՈՒՐԱՑԿԱՆՆԵՐԸ

Հնդևրոպական Հրատարակչություն © 2012

ISBN: 978-1-60444-605-0

Հրատարակված Ամերիկայի Միացյալ Նահանգների մեջ:
Հնդևրոպական Հրատարակչություն, Լոս Անջելես, Հունվար 2012 Թ.

Տեղեկությունների կամ որևէ հարցումների համար ընթերցել հետևյալ էջը:
www.IndoEuropeanPublishing.com

Նկար՝ Հնդևրոպական Հրատարակչություն

ՀՆԴԵՎՐՈՊԱԿԱՆ
ՀՐԱՏԱՐԱԿՉՈՒԹՅՈՒՆ

Ա

Հազար ութը հարյուր յոթանասուն... չեմ հիշեր՝ քանիին, սեպտեմբերի երեսունը մեկին,— ներեցեք, երեսունին պիտի ըսեի, վասնզի սեպտեմբերն երեսուն օր միայն ունի,— երկար և ընդարձակ թիկնոցի մը մեջ փաթաթված միջահասակ և գիրուկ մարդ մը, որ Տրապիզոնի շոգենավեն նոր ելած էր, Ղալաթիո նավամատույցին վրա կայնած՝ նավակե մը յուր սնդուկները հանել կաշխատեր:

Կը տեսնեք՝ որչափ պարզությամբ սկսա: Պատմությունս հետաքրքրական ընելու ջանքով և անկից քանի մը հարյուր օրինակ ավելի ծախելու համար չըսի, թե նույն օրն սաստիկ հով մը կար, թե տեղատարափ անձրև կուգար, թե խառն բազմություն մը հետաքրքրությամբ դեպի Ղալաթիո հրապարակը կը վազեր, թե ոստիկանությունն աղջիկ մը ձերբակալած էր և այլն խոսքեր, որովք վիպասաններն կսկսին միշտ իրենց վեպերը: Ես ալ կրնայի ըսել այս ամենը, բայց չըսի, որովհետև նույն օրն ոչ հով կար, ոչ անձրև, ոչ խուռն բազմություն և ոչ ձերբակալված աղջիկ մը:

Արդ, առանց կասկածելու հավատացեք պատմությանս, որ ժամանակակից դեպք մ՚է:

Այս ճամփորդն օժտված էր զույգ մը խոշոր և սև աչքերով, զույգ մը հաստ, սև և երկար հոնքերով, զույգ մը մեծ ականջներով և զույգ մը քիթեր... չէ՛, չէ՛, մեկ քիթով, թեպետ և բայց զույգ մը քիթերու տեղ կրնար ծառայել․ անոր մեծությունը սխալեցուց զիս։ Ուներ այնպիսի նայվածք մը, որուն եթե պ․ Հ․ Վարդովյան[1] հանդիպեր յուր աչերով, կը հարցուներ այդ մարդուն․ «Ի՞նչ ամսական կուզես՝ թատրոնիս մեջ ապուշի դեր կատարելու համար»։

Մնդուկներն և անկողինն, որ քուրջի մը մեջ ներփակված էին, նավակեն հանելուն պես ճամփորդն քաշեց քսակն ու նավավարին իրավունքը վճարելով՝ բեռնակիր մը կանչեց։ Հինգ բեռնակիրներ ներկայացան իրեն։ Տարակույս չկա, որ եթե հինգ կանչեր, քսան և հինգ պիտի ունենար յուր առջև մայրաքաղաքիս սովորության համեմատ։

— Ո՞ր կողմ պիտի երթաք աղա,— հարցուց բեռնակիրներեն մին՝ մեկ ոտքը սնդուկներեն միույն վրա կոխելով։

— Բերա, Ծաղկի փողոց, թիվ 2 պիտի երթամ,— պատասխանեց խոշոր մարդը։

— Շատ աղեկ, հասկցա, Բերա, Ծաղկի փողոց . . . պատվական փողոց մ՛է,— ըսավ հարցումն ընող բեռնակիրն և սնդուկին մեկն ալ շալկելով սկսավ երթալ։

— Ծաղկի փողոցն ես ալ գիտեմ,— ըսավ երկրորդ բեռնակիրն և սնդուկին մեկն ալ ինք առնելուն պես՝ Բերայի ճամփան բռնեց։

— Ես ամեն օր կերթամ Ծաղկի փողոցն,— ըսավ երրորդն և մարդուն անկողինը գետնեն վերցնելն, կռնակին վրա առնելն ու վազելն մեկ ըրավ։

Այս գործողություններն այնքան արագությամբ կատարվեցան, որ մարդը շվարելով սկսավ չորս կողմը նայիլ՝ տեսնելու համար բեռնակիրներն, որ բազմության մեջ անհայտ եղած էին։

— Ի՞նչ խայտառակություն է աս,— պոռաց վերջապես ոտները գետինը զարնելով, ո՞ւր տարին անկողինս և

---

[1] Հակոբ Վարդովյանը 70—80ական թվականների անվանի գործիչ էր, դերասան, թատրոնական խմբերի կազմակերպիչ։

սնդուկներս, ատոնք ի՞նչ իրավունք ունին իմ անկողնուս և սնդուկներուս խառնվելու, ի՞նչ աներես մարդ են եղեր այս տեղաց մարդերը. ինչ որ կը տեսնեն, կառնեն, կը տանին:

— Ծաղկի փողոցը մենք ալ գիտենք, աղա, մեզի ալ բան մը տուր, որ տանինք,— ըսին միուս երկու բեռնակիրները:

— Ծաղկի փողոցն ալ գետնին տակն անցնի, դուք ալ,— պատասխանեց մարդն, որուն այտերն նեղութենե կարմրիլ սկսած էին:

Երկու բեռնակիրները խնդալով հեռացան. և ճամփորդն ալ յուր սնդուկներուն ետևեն երթալ կը պատրաստվեր, երբ բարձրահասակ, թխադեմ, փոքր աչերով մարդ մը ուսերը տնկած, ձեռները շփելով և բռնազբոսյալ ժպիտով մը մոտեցավ անոր և քաղաքավարական ձևով մը ձեռները բռնելով հարցուց.

— Դո՞ւք եք, Աբիսողոմ աղա, ե՞րբ եկաք, ո՞ր շոգենավով եկաք, ի՞նչպես եք, ձեր եղբայրն ի՞նչպես է, ազգային գործերն ի՞նչպես են Տրապիզոն, հացին գինը քա՞նի է հոն, անձրև եկա՞վ այս օրերս ձեր քաղաքը... վայ, Աբիսողոմ աղա, վայ. . .

— Ես եմ Աբիսողոմ աղան, հիմա եկա, տաճկի շոգենավով եկա, շատ աղեկ եմ, եղբայրս ալ աղեկ է, ազգային գործերն ալ աղեկ են Տրապիզոն, հացին գինը մեկ դահեկան [2] է, անձրև չեկավ այս օրերս մեր քաղաքը,— պատասխանեց փութով թիկնոցաբնակն՝ առանց ճանաչելու այս անձն:

— Ներեցեք, թողություն ըրեք, որ չկրցի մինչև շոգենավ գալ զձեզ դիմավորելու համար: Ինձի գրված էր Տրապիզոնեն, որ այս շաբթու անպատճառ հոս պիտի գաք...

— Ես ատանկ բաներու չեմ նայիր:

— Արդարև մայրաքաղաքս ինքզինքը բախտավոր համարելու է ձեզի պես պատվական ազգային մը, շնորհալի երիտասարդ մը, ողջամիտ մեկը...

---

[2] Ղուրուշ, թյուրքական դրամ (10 կոպեկի չափ)

— Մնդուկներս…
— Ազնիվ սիրտ մը, վեհանձն հոգի մը…
— Բեռնա…
— Հայրենասեր անձ մը…
— Կիրները…
— Ազգասեր, ուսյալ, կրթյալ…
— Մնդուկ…
— Դաստիարակյալ…
— Ներս առին, տարին…
— Ազնվասիրտ, ազնվախոհ, ազնվադեմ մեկը իր մեջ ունենալու համար:
— Մնդուկներուս մեջ ատանկ բաներ չկան,— պատասխանեց Աբիսողոմ աղան քալել սկսելով՝ բեռնակիրները գտնելու համար:
— Թեպետև դուք զիս չեք ճանչնար, բայց ես ձեր գերդաստանը խիստ լավ կը ճանչնամ․ ձեր լուսահոգի հայրն իմ լրագրույս բաժանորդ էր։ Շատ բարի մարդ մ՛ էր, աղքատներուն ողորմություն կուտար, աղքատ աղջիկներ կը կարգեր և իրեն դիմողներուն բարություն կըներ։ Ասանկ ողորմած մարդերը շատ ապրելու են, բայց, ի՞նչ օգուտ, անգութ մահը միշտ բարիները կառնե և թող կուտա չարերն, որ ազգին չարություն ընեն։ Թողունք սակայն հիները և ուրիշ բանի վրա խոսինք: Շոգենավուն մեջ հանգի՞ստ էիք:
— Շատ հանգիստ էի, պատվականապես կերա, խմեցի և պառկեցա,— պատասխանեց Աբիսողոմ աղան՝ քայլերն շուտ առնել սկսելով:
— Եթե հանգիստ չըլլայիք, վաղվան լրագրույս մեջ պիտի գրեի և ընկերության ուշադրությունը պիտի հրավիրեի,— ըսավ խմբագիրն ետևեն վազելով:
— Շնորհակալ եմ:
— Կաղաչեմ, ըսեք ինձի, քանի՞ տարեկան եք:
— Քառասուն:
— Վաճառական եք, կարծեմ:

— Այո... եթե անցագիր պիտի շինել տալ, հարկ չկա, վասնզի հատ մը ունիմ:

— Չէ, վաղվան թերթիս մեջ պիտի գրեմ, որ առջի օրը Տրապիզոնեն մայրաքաղաքս եկավ մեծապատիվ Աբիսողոմ աղա երևելի վաճառականն, որ յուր լեզվագիտությամբ և վաճառականական հմտությամբն ծանոթ է մեր ազգայիններուն: Տաճկերեն գիտեք կարծեմ:

— Ո՛չ:

— Ֆրանսերե՞ն:

— Ո՛չ:

— Անգղիերե՞ն:

— Ո՛չ:

— Գերմաներե՞ն:

— Ոչ:

— Վնաս չունի, ես լեզվագետ պիտի ըսեմ ձեզի համար և ձեր վրայոք գովեստով պիտի խոսիմ:

— Ամեն Պոլիս եկողներուն անունները ձեր թերթին մեջ կը գրե՞ք:

— Գրեթե ամենն ալ, եթե ձեզի պես պատվավոր ազգայիններ ըլլան:

— Պոլիսեն գացողնե՞րն ալ կը գրեք:

— Գրեթե կը գրենք, եթե պատվավոր ազգայիններ ըլլան:

— Շատ լավ, իմ անունս ալ գրեցե՛ք, ես ալ պատվավոր ազգային մ՚եմ: Մեր քաղքին մեջ արտերու, եզերու, կովերու և ագարակներու տեր եմ... Ասոնք ալ գրե՛,— ըսավ այնպիսի դեմքով մը, որ կը հայտներ, թե մեծ շահ մ՚ուներ այս խոսքերուն հրատարակությանը մեջ:

— Հոգ մի՛ ընեք. խղճի և արդարության պարտք մը կատարելու համար անոնք ալ կը գրեմ:

— Երկու երեք հատ սպասավոր ալ ունիմ... անոնք ալ լրագրույդ մեկ կողմը կրնա՞ս անցունել:

— Ինչո՞ւ չէ:

— Ոսկիե ժամացույց և շղթա ալ ունիմ, բայց շոգենավուն մեջ չգողցնելու համար վրաս չառի. անոնք ալ գրել պե՞տք է,— հարցուց Աբիսողոմ աղան, որ բոլորովին մոռցած էր սնտուկները:

— Ատոնք գրելու հարկ չկա:

— Շատ լավ, բայց մյուս ըսածներս լրագրույդ մեջ ամենեն առաջ դիր, որ կարդան:

— Այնպես ընելու միտք ունիմ:

— Խոշոր գրերով գրե՛:

— Հանգիստ եղեք. ամենեն խոշոր գրերով:

— Միայն հարուստ մարդերուն գալն և երթալն կը գրեք.. . այնպես չէ՞:

— Այո:

— Եթե աղքատ մարդերն ալ կը գրեք, չեմ ուզեր, որ իմ անունս...

— Բնավ երբեք, ստակ չունեցողներուն անունները բնավ չենք գրեր, նույնիսկ եթե հազար ոսկի ալ տված ըլլան դպրոցի մը շինության համար:

— Ըսել է որ դուք ամեն իրիկուն հոս կսպասեք Պոլիս եկող կամ անկից մեկնող հարուստները տեսնելու և անոնց անունները հրատարակելու համար, որպեսզի ժողովուրդն գիտնա, թե ով եկած է և ով գացած է... Տարակույս չկա, որ վաղը իրիկուն իմ անունս պիտի կարդամ ձեր լրագրին մեջ:

— Այո՛, ձեր հասցեն տվեք, որ տեղական թղթատարով ղրկեմ լրագիրը:

— Բերա, Ծաղկի փողոց, թիվ 2:

— Շատ աղեկ,— ըսավ խմբագիրն և գրպանեն թուղթ մը հանելով բաժանորդներուն ցուցակին մեջ անցուց Աբիսողոմ աղան:

— Վաղը առտու լույսը չճղքված ղրկե, որ կարդամ իմ անունս լրագրին մեջ:

— Իրիկվան դեմ կը ղրկեմ, վասնզի լրագիրս իրիկունները կը տպվի:

— Որչա՛փ ուրախ կըլլայի, թե ձեր վաղվան լրագիրն առտուն տպեիք... բայց վնաս չունի, իրիկվան թո՛ղ ըլլա, բավական է. որ անունս խոշոր գիրերով գրվի:

— Այդ մասին հանգիստ եղէ՛ք․ վաղը իրիկուն անպատճառ կը ղրկեմ լրագիրն ընկալագրով:

— Ընկալագրո՞վ․․․ Տեղական թղթատարով պիտի ղրկեիք հապա․․․ Ընկալագիրն ո՞վ է, անունս գիտէ՞․․․

— Ընկալագիրն թուղթ մ՚ է, որուն մեջ կը գրեմ «Ընկալա մեծապատիվ Աբիսողոմ աղայեն․․․ լրագրո տարեկան բաժանորդագին մեկ ու կես ոսկի» և այդ թուղթը ձեզի կը հանձնեմ, որով տարի մը իրավունք կունենաք իմ լրագիրս ընդունելու:

— Տարի մը շարունակ պիտի գրե՞ք իմ անունս:

— Չէ, բայց դուք բաժանորդ պիտի ըլլաք իմ լրագրույս՝ մեկ ու կես ոսկի վճարելով ինծի:

— Մեկ ու կես ոսկի՜․․․ շատ է․․․ երեք քառորդ ոսկի չբա՞վեր:

— Խմբագիրները բաժանորդագնույն վրա սակարկություն չեն ըներ․․․:

— Շատ լավ․ ղրկեցեք ձեր լրագիրն և այն թուղթը, բան մը կընենք:

— Սակայն չկարծեք, թե ես բաժանորդ գրելու նպատակով զձեզ տեսնելու եկա, քավ լիցի, այդ պզտիկությունը չեմ ընդունիր․ բարեկամական պարտք մը կատարելու համար եկա զձեզ տեսնելու:

— Հայտնի բան է:

— Բնավ ձեր մտքեն չանցուներ, թե այս մարդը մեկ ու կես ոսկի փրցնելու համար զիս տեսնելու եկավ:

— Չեմ անցուներ:

— Վասնզի կան խել մը մուրացկան խմբագիրներ, որք Պոլիս եկողները կողոպտելու համար անոնց քովը կերթան և բաժանորդ կը գրեն զանոնք․ ես այդ բանը չեմ կարող ընել, վասնզի բնությանս մեջ չկա․․․ ես իբրև պատվավոր մարդ կուզեմ ապրիլ:

— Հանկցա, իբրև պատվավոր մարդ կուզեք ապրիլ:

— Ինձ հետ ձեր ունեցած այս տեսակցությունն ալ ուրիշի մի՛ զրուցեք, վասնզի տեսակ մը բախտանդիր, չվառական անձեր կան, որք բանդագուշական կենսագրություններ կը գրեն և իմ անձնականությունս կը խծբծեն:

— Կը հասկնամ, անձնականությունդ կը խծբծեն:

— Օրինակի համար սա պարագային մեջ հանցանք մ՚ ունի՞մ ես. գձեզ դիմավորելու եկա և խոստացա ձեր անունը լրագրույս մեջ հրատարակել. դուք ալ իբրև ողջամիտ ազգային մը բաժանորդ գրվեցաք. կաղաչեմ, ըսեք, ձեր կոկո՞րդը սղմեցի, որ ինծի բաժանորդ գրվիք:

— Ամենևին:

— Ատրճանա՞կ ցցուցի:

— Բնավ երբեք:

— Դանա՞կ քաշեցի:

— Ոչ. բայց ուրիշ տեղեր ատրճանա՞կ կամ դանա՞կ ցցունելով բաժանորդ կը գրեն:

— Ատ ըսել չեմ ուզեր, սա ըսել կուզեմ, որ դուք ձեր հոժար կամքով բաժանորդ գրվեցաք:

— Այո՛:

— Եվ ես վեհանձնաբար վարվեցա այս պարագային մեջ:

— Տարակույս չկա:

— Չվարվեցա այն խմբագիրներուն պես, որք օտարականի մը Պոլիս գալն իմանալուն պես՝ վազելով անոր տունը կերթան բաժանորդ գրելու համար:

— Այդ չվառականներն իրավունք չունին քու անձնականությունդ խծբծելու... դուն վստահ եղի՛ր ինծի...

— Շնորհակալ եմ ձեզմե. մնաք բարով, Աբիսողոմ աղա՛. օր մը մեր խմբագրատունը հրամմեցեք խահվե մը խմելու:

— Շատ աղեկ. օր մը կուգամ: Վաղվանին մեջ անցունելու չմոռնաք:

— Անհոգ եղեք:

Աբիսողոմ աղան և խմբագիրն բաժնվեցան իրարմե Բերայի քառուղվույն առջև, ուր հասած էին խոսելով:

Աբիսողոմ աղան առանձին մնալով սկսավ ճամփան շարունակել՝ ինքն իրեն հետևյալ խորհրդածություններն ընելով.

«Ես ինքզինքս չէի կարծեր այն չափ մեծ մարդ, որչափ որ կը կարծէ այս խմբագիրն․ բայց հարկավ այն ինձմէ աղեկ գիտէ իմ որչափ մեծ ըլլալս, վասնզի խմբագիր մ՛ է և ուսումնական է . . . ։ Վաղը լրագրի մեջ իմ անունս տեսնողները անշուշտ իրար պիտի անցնին և հետաքրքրություն պիտի ունենան ինծի հետ տեսնվելու․ վաղը պետք է որ կիրակի օրվան հագուստներս հագնիմ և ոսկիե ժամացույցս ու շղթաս ալ դնեմ․ սպասավորներս ալ հետս բերելու էի․ ո՞վ գիտեր...։ Ամեն մարդ պիտի իմանա վաղը, որ մեծ մարդ մը եկած է Կ․ Պոլիս․ ազնվախոհ, ազնվասիրտ, լեզվագետ, ուսումնական, դաստիարակյալ, կրթյալ և այլն մեկը, և՛ յուրաքանչյուր կնիկ պիտի ըսէ իր էրկանը․ «Մեր աղջիկը սա Աբիսողոմ աղային տանք»։ Էրիկն ալ պիտի պատասխանէ կնկանը․ «Նայինք՝ Աբիսողոմ աղան մեր աղջիկը կառնէ՞, անիկա հարուստ տեղէ մը աղջիկ առնել կուզէ հարկավ»։ Այս պատասխանին վրա էրկան և կնկան մեջ վեճ մը պիտի ծագի և իրարու գլուխ պիտի պատռեն․ որո՞ւ հոգ . . . ։ Անունիս լրագրին մեջ անցնիլն սա օգուտն պիտի ունենա, որ երկու օրվան մեջ հարուստ աղջիկ մը առնելով պիտի լրմնցունեմ ամուսնության գործն, որու համար միայն եկած եմ հոս... այս ամուս...»։

Աղյուս բեռցված էշերու կարավանեն էշ մը բախվելով Աբիսողոմ աղային դեմ՝ ընդմիջեց զայն իր խորհրդածություններու մեջ, ուր ընկղմած ըլլալով ուշադրություն չէր ըներ առջևեն եկող էշերուն, որովք լի է միշտ Բերայի մեծ փողոցը։

— Մեկդի կեցիր,— ըսավ իշավար պարսիկն Աբիսողոմ աղային՝ արդարացնել ուզելով յուր էշը։

— Ատ խոսքը առաջ ըսելու էիր, որ զգուշանայի,— պատասխանեց Աբիսողոմ աղան և ճամփան շարունակեց։

Բ

Բեռնակիրներն ոչ լսած և ոչ ալ տեսած էին Ծաղկի փողոցն, բայց քաջալերվելով կարգ մը մարդերեն, որք գիտնալ կը ձևացունեն, ինչ որ չեն գիտեր, և որք խիստ բազմաթիվ են մեր ազգին մեջ, համարձակած էին ըսել Աբիսողոմ աղային, թե շատ աղեկ գիտեին Ծաղկի փողոցը:

Բեռնակիրներուն այս հանդգնությունն այնքան պարսավելի չէ, որչափ այն մարդերունն, որ խոհարարություն ուսած են և բանադատություն կընեն, կամ քիչ մը երկրաչափության պարապած ըլլալով՝ աստղերուն շարժումներուն վրայոք կը ճառեն, կամ երկու սազ և չորս կով մեծցուցած ըլլալով՝ դաստիարակության խնդիր կը հուզեն, կամ զավակ մ՚ ունեցած ըլլալով՝ առաջին մարդուն ո՛ր աշխարհի մեջ ծնած ըլլալուն վրա կատենաբանեն, կամ վերջապես անանկ նյութի մը վրա կը խոսին, որ բոլորովին օտար է իրենց, այո՛, այս մարդերուն հանդգնությունն ավելի է, վասնզի բանադատությունն կամ աստղագիտությունն կամ մանկատածությունն և այլն Ծաղկի փողոց չէ, որ ուրիշներուն հարցնելով անմիջապես սորվի մարդ: Եվ արդարև բեռնակիրներն, ամեն քայլափոխին, իրենց դեմն ելնողներուն հարցունելով՝ անմիջապես գտան Ծաղկի փողոցն և թիվ 2 տան դուռը զարկին. մինչդեռ ես շատ ատենաբաններ [3] մտիկ ըրած եմ, որ յոթը–ութը ժամ շարունակ խոսելով՝ չեն կարողացած իրենց փնտրած փողոցը գտնել և ստիպված են ուրիշ փողոցներու մեջ թափառիլ և թափառեցնել իրենց ունկնդիրներն՝ անոնց քթեն բռնելով:

Բեռնակիրները դուռը զարնելուն պես դուռը բացվեցավ և ներկայացավ իրենց թուխ և երկար դեմքով կին մը, որուն դեմքին վրա ժամանակն այնքան գծեր գծած էր զայն

---

[3] Ճառախոս

սրբագրելու համար, որքան որ կը գծէ «Մասիսի»[4] խմբագիրն յուր չորս տող մեկ ձեռագրին վրա, որ կամ մեկուն վախճանիլը կիմացունէ և կամ ուրիշի մը կարգվիլը:

Բեռնակիրները դռնեն ներս մտնելով բեռները գետինը ձգեցին և սկսան իրենց քրտինքը սրբել:

— Աբիսողոմ աղային ըլլալու են ասոնք, այնպես չէ՞,— հարցուց բեռնակիրներուն թխադեմ տիկինը:

— Անունը չըսավ մեզի,— պատասխանեց բեռնակիրներեն մին՝ սև թաշկինակովն գլխուն քրտինքը սրբելը շարունակելով:

— Ի՞նչ տեսակ մարդ էր:

— Խոշոր թիկնոց մը հագած էր:

— Ի՞նչ գույնով էր, ճերմա՞կ թե թուխ:

— Ո՛չ, սև էր:

— Սև՞ էր:

— Այո, սև, բայց աղվոր, անոր փաթտըվողը ձմեռը չմսիր:

— Ատ ի՞նչ խոսք է, փաթտըվիլն ի՞նչ պիտի ըլլա... ես քուկին գիտցած կնիկներեն չեմ, հասկցա՞ր,— ըսավ տիկինը յուր խոսքերը շեշտելով:

— Վնասակար բան մը չըսի. փաթտըվելով ի՞նչ կըլլա եղեր,— պատասխանեց բեռնակիրն աթոռի մը վրա փռելով յուր թաշկինակն:

— Ատկե ավելի վնասակար ի՞նչ կրնա ըլլալ:

— Շատ բարակ բաներու մեր խելքը չպառկիր:

— Ես կը պառկեցունեմ... դուն զիս կը ճանչնա՞ս...:

— Փաթտըվելեն ի՞նչ վնաս կուգա:

— Ես էրիկ ունիմ, ինչու պիտի փաթտըվիմ եղեր անոր:

— Էրիկ ունեցողներն ալ կը փաթտըվին. էրիկն ուրիշ, աս ուրիշ. աս կը տաքցունէ: Ըսենք, որ ձմեռը գիշեր մը դուրս

---

[4] «Մասիս»— պահպանողական շաբաթաթերթ էր, հետագայում օրաթերթ և դարձյալ շաբաթաթերթ, հրատարակվել է Պոլսում 1852 թվականից մինչև 1889 թվականը:

ելար, փողոցին մեջ էրկանդ չես կրնար փաթտըվիլ, բայց աս կռնակդ կառնես...:

— Աբիսողո՞մ աղան:

— Թիկնոցը, տիկին... Աբիսողոմ աղան կռնակի վրան կառնվի՞:

— Մինչև հիմա թիկնոցի՞ վրա կը խոսեիր:

— Խոսքերնիս թիկնոցի վրա չէ՞ր մի... Հապա դուն ի՞նչ հասկցար:

— Ես հասկցա, որ Աբիսողոմ աղային փաթտըվելու է, կըսես:

— Տեր ողորմյա, տեր ողորմյա, տեր աստված,— ըսավ բեռնակիրն՝ թաշկինակը քաշելով աթոռեն:

Տիկինն բեռնակրին տված բացատրութենեն գոհ ըլլալով, հրամայական եղանակով մ՚ըսավ.

— Աս անկողինն և սնդուկներն վե՛ր հանեցեք:

Բեռնակիրներն հնազանդելով բեռներն նորեն վերցուցին, և հազիվ թե սանդուղին առաջին աստիճանին վրա կոխած էին, տիկինն պոռաց.

— Լեռնե՞ն եկաք դուք:

— Ոչ, մեծ փողոցեն եկանք:

— Գիտեմ, որ մեծ փողոցեն եկաք. այդ ոտքի ամաններով վեր կելնվի՞. տեսեք՝ ի՞նչ ըրիք տախտակներս, ես այսօր սրբեցի զանոնք, և հոգիս բերանս եկավ:

— Ի՞նչ ընենք, ուրիշ ոտքի աման չունինք:

— Ինչո՞ւ կայներ երեսս կը նայիք, չհանե՞ք տվոնք:

— Մի՛ պոռար, տիկին, մի՛ պոռար, կը հանենք:

Եվ հանեցին իրենց ոտքի ամաններն, որք ավելի մաքուր էին, քան իրենց ոտներն:

— Ա՞յդ ոտքերով վեր պիտի ելնեք,— կրկնեց տիկինն: — Ուրիշ ոտք չունինք, այս ոտներով պիտի ելնենք,— պատասխանեցին պանդուխտներն այնպիսի խղճուկ կերպով մը, որ կարծես թե իրենց աղքատության պատճառով երկու ոտքեն ավելի չէին կրցած ունենալ, և որպես թե հարուստներն չորս, հինգ կամ վեց ոտք ունեցած ըլլային:

— Վա՛ր իջեք, չեմ ուզեր, գետինը ձգեցե՛ք, ես կը տանիմ:

— Ատանկ ավելի աղեկ կըլլա:

— Ա՛հ, ես ի՞նչ ըսեմ իմինիս, որ գործի չերթար, և առտվնե մինչև իրիկուն սրճարանները կերթա, կը նստի, ազգային գործերու վրա կը խոսի, զիս սաանկ խեղճ կը թողու, և ես ալ կստիպվիմ տունս մարդ դնելու,— մռմռաց ինքնիրեն տիկինն և սանդուղին առջև դրված թաց լաթով մը սանդուղին առաջին աստիճանն սրբել սկսավ:

— Տիկին, մենք սպասե՞նք պիտի. . .

— Եթե խելքը գլուխը մեկն ըլլար,– շարունակեց տիկինն ինքնիրեն,— ես հիմա թագուհիի մը պես կյանք կանցունեի. զավակ չունիմ, բան չունիմ. բայց ինչ ընեմ, որ խելքը միտքը թաղական [5] ընտրելու և թաղական վար առնելու վրա է: Աստուծմե գտնան այն թաղականներն ալ, որ ամենուս խեղճությանը պատճառ կըլլան կոր: Ինչո՞ւ պետք քուկին, տնաշեն, ուզողը նստի, չուզողը չնստի, դո՞ւն մնացիր այս ազգին գործերը շտկող. . .

— Տիկին, մեր իրավունքը տուր, որ երթանք, պարապ տեղը չսպասենք հոս,— ըսին բեռնակիրները:

— Վաղը եկեք,— պատասխանեց տիկինն . և բեռնակիրներն, որք վաղը բառն ամեն օր լսելու վարժված էին, տիկնոջ պատասխանին վրա դռնեն դուրս ելան:

— Թաղականի մը ետնեն է ինկեր,— շարունակեց տիկինն դարձյալ, և բնավ չմտմտար, որ ուտելու համար հաց պետք է, միս պետք է, եղ պետք է, բրինձ պետք է. զանոնք եփելու համար փայտ պետք է, ածուխ պետք է. ասոնք բնավ չհարցուներ, առտուն լուսը չճեղքված կերթա և իրիկվան մութուն կուգա: Ահա հյուրերնիս այսօր եկած է և ժամե մը հոս պիտի գա. հարկավ անոթի է մարդն, առջևը բան մը

[5] Այսինքն թաղական խորհրդի անդամ:
Թաղական խորհուրդ— ըստ ազգային սահմանադրության տաճկահայերի ինքնավարական օրգանների հիմնական բջիջն էր,— թե Պոլսում և թե գավառներում— որ ընտրվում էր տեղական ժողովրդի կողմից շրջանի ազգային-կուլտուրական գործերը տնօրինելու համար:

հանելու է, որ ունե, և մենք բան մը չունինք, վասն զի իրիկունները տուն եկած ժամանակ կտոր մը միս կամ ձուկ չբերեր, որ տունին մեջ կերակուր գտնվի․․․ թաղականեն ուրիշ բան չունինք տուներնուս մեջ, ամեն իրիկուն թաղական․․․

Տիկինն դեռ դիտողությունններն լմնցուցած չէր, և ահա յոթանասունի մոտ մարդ մը, որ բանալիով բացած էր դուռն, ժպիտով ներս մտավ և բարևեց տիկինը։ Այս մարդը տիկնոջ ամուսինն էր։ Յուր խորշոմած կունտ ճակատն չափեն ավելի դուրս ցցված էր և այնպիսի դեմք մը ուներ, որ կարծես, թե մեկն զայն կը խտղտեր։

Այս մարդն հազիվ թե դռան սեմեն ներս ոտք կոխած էր, կինն առջևն ելնելով՝ հարցուց անոր։

— Ո՞ւր էիր մինչև հիմա, մարդ աստուծո։

— Չես ըսեր, կնի՛կ, թաղականին գործն ալ այսօր լմնցուցինք․ կիրակի օրը քվեարկությունը պիտի կատարվի, և բոլոր անդամները պատվավոր մարդիկ պիտի ըլլան։ Թորոս աղան ինծի քանի մը օղի խմցունելով ետնես ինկավ, որ յուր ուզած մարդոցը քվե տամ, բայց ես իմ մարդոցս տվի, վասնզի իմ մարդիկս ինծի ամեն գիշեր օղի կը խմցունեն և շատ բարի և պատվավոր մարդիկ են, ուրիշներուն պես թաղին սնտուկեն ստակ չեն գողնար և դպրոցն ալ․․․

— Այդ խոսքերուն ատենը չէ հիմա, շուտ մը գնա կտոր մը միս առ։

— Թորոս աղան քիչ մը սրդողեցավ, և ասկից վերջը հետս սքամպիլ[6] չպիտի խաղա․ թո՛ղ չխաղա՛․․․։

— Ես քեզի ի՞նչ կըսեմ կոր․․․ շուտ ըրե՛, գնա՛։

— Ես ալ տիրացու Մարտիրոսին հետ տամա կը խաղամ ասկից ետքը․․․

— Այդ խոսքերը վերջն ալ կըննենք, Մանուկ աղա, գնա՛ մսավաճառեն քիչ մը միս առ ու բեր։

— Տիրացու Մարտիրոսին գլխուն եկածը չես ըսեր,

[6] Թղթախաղի մի տեսակը։

կնի՛ կխեղճին կինն այս գիշեր մազ մնացեր է, որ մեռնի եղեր.

— Ինչո՞ւ:

— Մանչ մը բերեր է. բայց շատ դժվարությամբ. չորս դայակ և տասնվեց բժիշկ հազիվ կրցած են տղան առնել:

— Խեղճ կնիկ...

— Վաղը քիչ մը գնա՛, զինքը տե՛ս:

— Կերթամ, հիմա դուն գնա, սա մսին գործը լմնցուր:

— Այս գիշեր անպատճառ միս պե՞տք է:

— Հապա, Աբիսողոմ աղային անկողինն ու սնդուկները բերին, ինքն ալ հիմա կուգա:

— Իրա՞վ կըսես, կնի՛կ:

— Սուտ ինչո՞ւ պիտի խոսիմ:

— Շատ աղեկ ուրեմն. երթամ պատվական միս մ՛առնեմ ու գամ:

Մանուկ աղան անմիջապես տունեն դուրս ելավ և հազիվ թե քանի մը քայլ առած էր, կինը ետևեն պոռալ սկսավ.

— Մա՛նուկ աղա, Մա՛նուկ աղա...

Մանուկ աղան ետ դարձավ.

— Միսն ինչո՞վ պիտի եփենք,— հարցուց կինը:

— Կուզես գետնախնձորով եփէ՛, կուզես լուբիայով[7]:

— Ատ չէ իմ ըսածս. ածուխ չունինք, քիչ մ՛ ալ ածուխ առնեիր:

— Շատ աղեկ,— պատասխանեց Մանուկ աղան և սկսավ երթալ:

— Մա՛նուկ աղա, Մա՛նուկ աղա,— կանչեց տիկինը նորեն:

Ետ դարձավ Մանուկ աղան:

— Աղեկ ա՛, մինակ միսով չըլլար, քիչ մ՛ ալ բրինձ ա՛ռ, որ ապուր մ՛ ալ շինենք:

— Աղեկ ըսիր, կնի՛կ, քիչ մ՛ ալ բրինձ առնենք:

Մանուկ աղան այս անգամ վազելով սկսավ երթալ.

---

[7] Լոբի

փողոցը դառնալու վրա էր, երբ կինն բոլոր ձայնովն ետևեն զայն կանչեց.

— Մա՛նուկ աղա, Մա՛նուկ աղա... Ման...

Կանգ առավ էրիկն և վերստին ետ դարձավ՝ այս անգամ դեմքին զվարթության վրա քիչ մը գեղջ ընելով:

— Ի՞նչ կուզես...

— Մարդ աստուծո, շոգեկառքի պես կը վազես, ձայնս մարեցավ: Մոխ չունինք, աղ ալ չունինք, քիչ մ՚ ալ գազ կամ ճրագ առնելու է, որ վառենք. մարդը մութո՞ւն պիտի նստեցունենք:

— Աղեկ ա՛, ամենը մեկեն ըսե, որ նպարավաճառին երթամ և պետք եղածներն առնեմ. հարյուր անգամ ետևես կանչեցիր:

— Ջուրի շիշ ալ չունինք... գլուխս կապելու բան մը չունիմ, ոտքս հագնելու կոշիկ չկա. այս վիճակին մեջ ի՞նչպես Աբիսողոմ աղային դեմը ելնեմ:

— Հիմա ուտելիքը առնենք, վաղն ալ հագնելիքը կը մտմտանք,— ըսավ Մանուկ աղան և դուռն ուժով մը քաշելով դուրս ելավ:

— Մանո՛ւկ աղա, Մանո՛ւկ աղա...

— Ուզածիդ չափ պոռա՛, ա՛լ ետ չեմ դառնար,— մռմռաց Մանուկ աղան և ճամփան շարունակեց:

Մանուկ աղան քանի մը փողոց դարձած էր, երբ կնկան ձայն մը առավ, որ զինք կը կանչեր:

— Գործ չունիս նե, պոռալով ետևես վազե,— ըսավ ինքնիրեն Մանուկ աղան՝ առանց գլուխն ետ դարձնելու՝ տեսնելու համար, թե ով էր զինք կանչողը:

— Մանուկ աղա, Մանուկ աղա,— կրկնեց ձայնը, որ տիրացու Մարտիրոսին տասնամյա աղջկանն էր:

Մանուկ աղան շարունակեց յուր ճամփան. և տիրացու Մարտիրոսին աղջիկն՝ քայլերն փութացնելով՝ տասը քայլ հեռավորությամբ մոտեցավ անոր: Խեղճին շունչը կտրած ըլլալով՝ անգամ մ՚ալ կրցավ պոռալ.

— Մա՛նուկ աղա:

Դարձյալ պատասխան չառավ և ստիպվեցավ քիչ մ՚ալ քալելով Մանուկ աղային հագուստի ծայրեն քաշելու:

— Թող տուր, կնի՛կ,— ըսավ Մանուկ աղան՝ առանց ետևը նայելու:

— Բան մը պիտի ըսեմ:

— Մտիկ ընելու ժամանակ չունիմ. ըսածներդ արդեն չեմ կրնար միտքս բռնել, հիմա ելեր, ուրիշ բաներ ալ պիտի ըսես . . .

— Դայակին տունը պիտի հարցունեի . . .

Դայակ բառը լսելուն պես արթնցավ Մանուկ աղան և ետևը տիրացու Մարտիրոսին աղջիկն տեսնելով՝

— Աղավնի, ո՞ւր էիր ետևես վազողը,— հարցուց անոր:

— Ա . . . յո . . . ես . . . — պատասխանեց Աղավնին, որ հնալեն ա՛լ չէր կարող խոսել:

— Մայրդ ի՞նչպես է:

Աղավնին կը հնար:

— Չըսե՞ս, մայրդ ի՞նչպես է . . . դժբախտությո՞ւն մը պատահեցավ:

Աղավնիին բոլոր պատասխանը հնալ էր . . .

— Հետաքրքրութենես պիտի ճա՛թիմ [8] . . . չըսե՞ս, աղջիկ, հնալու ժամանա՞կ է հիմա, մայրդ ի՞նչպես եղավ:

— Մայ . . . րի . . . կս . . . ա . . . ղեկ է, բայց . . . տը . . . ղան . . . ծիծ չը . . . բռ . . . ներ . . . կոր . . . դա . . . յա . . . կը . . . պի . . . տի . . .

— Շատ լավ, շատ լավ, աղջիկս, դուն տուն գնա, դայակն ես կը ղրկեմ:

Աղավնին բաժնվեցավ Մանուկ աղայեն, որ ճամփան փոխեց դայակին տունը փնտրելու համար:

Չուզելով մեր ընթերցողին ձանձրույթ պատճառել՝ կը թողունք Մանուկ աղան, որ ամեն քայլափոխին բարեկամի մը կը հանդիպեր և անոր կծանուցաներ կամ թաղականին ընտրությունը կամ տիրացու Մարտիրոսին կնկան մանչ

[8] Տրաքվել, պայթել:

զավակ մը բերելն կամ Աբիսողոմ աղային զալը: Դառնանք հիմա Աբիսողոմ աղային:

Գ

Բավական երկար տարիներե ի վեր սովորություն եղած է, որ շատերը ուսում առնելու համար Ֆրանսա կամ Գերմանիա երթալեն ետքը մայրաքաղաքս կուգան կին առնելու համար, և ընթերցողն ալ գիտե արդեն, որ Աբիսողոմ աղան ալ ուրիշ նպատակով եկած չէր Կ. Պոլիս: Ընթերցողս չմոռցավ նաև, թե այս ամուսնության խնդիրն ո՛րչափ միտքը գրաված էր Աբիսողոմ աղային, որ առջևեն եկող էշերը չտեսնելով՝ անոնց միույն դեմ բախեցավ: Թերևս հարցվի, թե Աբիսողոմ աղային դեմ բախվող ավանա՞կն ալ ամուսնության վերաբերյալ գործ մ'ուներ, որ յուր առջև չտեսավ Աբիսողոմ աղային պես խոշոր մարդ մը: Անոնք, որ պատմության քիչ կամ շատ ծանոթություն ունին, գիտեն, որ էշերը, որոնց նախահայրերեն մին ժամանակավ հրեշտակ տեսած է, [9] բնավ կարևորություն չեն տար մահկանացուներուս և կուզեն, որ միշտ մենք ճամփա բանանք իրենց: Աբիսողոմ աղան եթե պատմության տեղյակ ըլլար, կամ կին առնելու խնդիրով միտքն չզբաղեցուներ, անշուշտ ճամփա պիտի բանար այդ արարածներուն, որք իրենց ականջներով Միդաս [10] թագավորին ներկայացուցիչներն ըլլալու պատիվն ալ կը վայելեն:

Արդ, Աբիսողոմ աղան էշերեն բաժնվելեն ետքը Ծաղկի փողոցը գտնելու համար անոր ասոր հարցումներ կուղղեր.

---

[9] Հրեշտակ տեսած էշը Միջնադարի մոգ Բաղաամի էշն է (ըստ Աստվածաշնչի), որ հրեշտակ տեսավ և խոսել սկսեց:

[10] Միդասը փռյուգիական առասպելական թագավոր էր, որին պատժեց Ապոլլոն աստվածը նրա գլխին իշի ականջներ բուսցնելով:

վանզի ինքն առաջին անգամ էր, որ Պոլիս կուգար, և Տրապիզոն բնակվող բարեկամներեն մին խորհուրդ տված էր իրեն, թե հանգիստ ուտելու և պառկելու համար հիշյալ փողոցը, հիշյալ թիվը կրող տունն իջնելու էր։ Այդ բարեկամն շաբաթ մը առաջ Մանուկ աղային ալ նամակով իմացուցած էր, որ Աբիսողոմ աղան իրեն տունը պիտի բնակեր։ Աբիսողոմ իրեն տրված տեղեկություններուն համեմատ մեկ փողոցեն կը մտներ, մյուսեն կելլեր, երբեմն ալ սխալմամբ անել փողոցներու մեջ կը մտներ, կը բարկանար, ետ կը դառնար և մեկ կողմեն ալ կը կասկածեր, որ բեռնակիրներն իրեն անկողինն և սնդուկներն առնելով չփախչեին, թեպետ և անոնց հավատարմությունն շատերեն լսած էր:

Ժամու մը չափ Բերայի փողոցները չափելեն ետքը՝ Աբիսողոմ աղան հաջողեցավ վերջապես գտնել Ծաղկի փողոցն, զոր շփոթելու չէ նույն անունը կրող փողոցին հետ, որ Բերայի հրդեհեն մոխիր դարձած էր հազար ութը հարյուր յոթանասունը չեմ հիշեր քանիին։ Այս փողոցն Ծաղկի փողոց կանվանվեր սա պատճառով, որ հոն բոլոր տուներուն պատուհաններուն առջն միշտ ծաղիկներ կը գտնվեին:

— Երկու թիվն ո՞րն է,— հարցուց, առանց գիտնալու, Մանուկ աղային կնոջը, որ դռան առջն յուր էրկանը գալստյան կսպասեր:

— Աս է հրամմե՛ցեք, Աբիսողոմ աղա,— պատասխանեց տիկինը:

— Անկողինս և սնդուկներս բերի՞ն:

— Բերին, Աբիսողոմ աղա․ վեր հրամմեցե՛ք, Աբիսողոմ աղա, եթե կուզեք, քիչ մը հոգնություն առնելու համար սա պզտիկ սենյակը նստեցեք,— ըսավ կինը գետնահարկի վրա պզտիկ խուց մը ցույց տալով:

— Շատ հոգնած եմ, քիչ մը հոս կը նստիմ:

— Ձեր կամքն ինչպես որ կուզե, այնպես ըրե՛ք, Աբիսողոմ աղա․ տունը ձերն է Աբիսողոմ աղա․ ձեր տունին պես հանգիստ ըրե՛ք:

— Շնորհակալ եմ:

Աբիսողոմ աղան պզտիկ սենյակը մտավ առաջնորդությամբ տիկնոջ, որ դամբար մը բռնած էր, որուն կազը հատնելու վրա էր:

— Ի՞նչպես եք, Աբիսողոմ աղա, տունեն ի՞նչպես են, աղե՞կ են:

— Աղեկ են:

— Թող աղեկ ըլլան, ձեր զավակներն ի՞նչպես են, Աբիսողոմ աղա, դպրոց կերթա՞ն:

— Զավակ չունիմ:

— Ձեր տիկինն ի՞նչ կընե, աղե՞կ է, Աբիսողոմ աղա:

— Տիկին չունիմ դեռ:

— Կարգված չե՞ք, Աբիսողոմ աղա:

— Չէ:

— Շատ լավ, հոս աղվորիկ աղջիկ մը գտնենք ու պոլսեցի ընենք քեզի, Աբիսողոմ աղա:

— Անանկ միտք մը ունինք,— պատասխանեց Աբիսողոմ աղան. բայց աղջիկեն առաջ ես կերակուր կուզեմ, վասնզի առտվնե ի վեր բերանս բան դրած չեմ:

— Շատ աղեկ, Աբիսողոմ աղա, շատ աղեկ. հիմա կը բերեմ ձեր կերակուրն:

Տիկինը դուրս ելավ և դուռը բանալով սեմին վրա կայնեցավ՝ սպասելու համար Մանուկ աղային, որ, ինչպես կը հիշեն ընթերցողները, դպյակ փնտրելու գացած էր:

Աբիսողոմ աղան սենյակին մեջ միակ մնալով՝ բարձի վրա դրված Զեն Հոգևորն [11] առավ և թղթատել սկսավ զայն. բայց որովհետև մարդս անոթի եղած ժամանակ գիրք չկրնար կարդալ, ինչպես նաև չկրնար գիրք գրել, նորեն բարձին վրա դրավ Զեն Հոգևորն, վասնզի փորն կիմացուներ իրեն, թե Զեն մարմնավորին պետք ուներ, և սկսավ սենյակին մեջ պտտելու:

---

[11] Զեն Հոգեվոր — իսկական վերնագիրն է, «Գիրք կոչեցյալ Զեն Հոգևոր» Պոլսի պատրիարք Հակոբի աշխատությունն է, լույս է տեսել Պոլսում 1757 թվականին. ունի կրոնական-բարոյախոսական բովանդակություն և մեծ հռչակ է վայելել հոգևորականության շրջաններում:

— Կաղաչեմ, Աբիսողոմ աղա, որ ձեր տունին պես հանգիստ ընեք,— ըսավ տիկինը սենյակը մտնելով:

— Անհանգստության պատճառ մը չունիմ, միայն թե անոթի եմ և կերակուր ուտել կուզեմ:

— Կերակուրդ պատրաստվելու վրա է, հիմա պիտի բերեմ,— ըսավ տիկինը և դուրս ելավ նորեն դռան առջև երկանը սպասելու համար:

— Ի՞նչ տեսակ կնիկ է այս,— ըսավ Աբիսողոմ աղան, երբ առանձին մնաց,— զիս անոթի կը պահե և կը պատվիրե, որ հանգիստ ըլլամ. անոթի մարդը հանգիստ կրնա՞ ըլլալ...

— Սեպե՛ թե ես ալ քու քույրդ եմ կամ աղջիկդ եմ,— ըսավ վաթսունամյա տիկինը դարձյալ ներս մտնելով,— եթե բան մը կուզես, մի՛ քաշվիր, ըսե ինծի, որ բերեմ:

— Շնորհակալ եմ:

— Ես կուզեմ, որ իմ տունս եկող հյուրերը չնեղվին:

— Կը հասկնամ. հիմակուհիմա կերակուրեն ուրիշ բան չեմ ուզեր:

— Կերակուրը պատրաստվելու վրա է, հոգ մի՛ ընեք...

Տիկինը դեռ պիտի շարունակեր յուր բանակցությունն, բայց դուռը զարնվելով՝ դուրս վազեց շուտով, որպեսզի դուռը բանա, էրիկը դիմավորե և բերած պաշարներն առնե ու կերակուր եփե:

— Ողջույն, տիկին,— ըսավ մեկը դուռը բացվելուն պես:

Հարկ չկա ըսելու, թե եկողը կրոնավոր մ՚էր, ինչու որ անոնք միայն կը գործածեն ողջույնը:

— Օրհնյա՛ տեր,— պատասխանեց տիկինը:

— Ի՞նչպես եք, աղե՞կ եք, տիկին:

— Փառք աստծո, տեր հայր:

— Մանուկ աղան հիմա դեմս ելնելով իմացուց, որ հյուր մը եկած է ձեզի այսօր, ես ալ եկա, որ հետը տեսնվիմ:

— Շատ աղեկ ըրեր եք, ներս հրամմեցեք, տեր հայր,— ըսավ տիկինն՝ ցույց տալով խուցն, որուն մեջ Աբիսողոմ աղան յուր անոթությամբը կզբաղեր:

Քահանան ներս մտավ:

Աբիսողոմ աղան ոտքի ելավ:

— Ողջո՛ւյն, Աբիսողոմ աղա:

— Օրհնյա՛, տեր հայր:

— Մեղավորս ձեր բարեպաշտության գալն իմանալով՝ անճապարանոք եկա ձեր ջերմեռանդության պատվական որպիսությունը հարցնելու, ի՞նչպես եք, Աբիսողոմ աղա:

— Աղեկ ենք:

— Միշտ աղեկ ըլլա՛ք, տեր աստված ձեր մեռելոց արքայություն և կենդանյաց ավուրս երկարս պարգևեսցե:

— Շնորհակալ եմ. դուք ի՞նչպես եք, տեր հայր:

— Մեր աղեկությունը մի հարցուներ... ժամանակիս աղեկությունը... Տեր աստված զձեզ համենայն փորձանաց և ի չարե ազատ պահեսցե. ժողովուրդն երբ աղեկ ըլլա, քահանաներուն ալ երեսը կը խնդա:

— Այնպես է, տեր հայր,– պատասխանեց Աբիսողոմ աղան՝ յուր աչերն չզատելով բնավ խուցին դռնեն, ուսկից կերակուր կը հուսար:

— Օրհնա՛ծ, ժամանակը շատ գեշ է. ժողովուրդը շատ նեղություն կը քաշե, այս պատճառավ ջերմեռանդությունն ալ օր ըստ օրե պակսելու վրա է:

— Իրավ է:

— Բայց ի՞նչ պիտի ընենք, ի՞նչ կուգա մեր ձեռքեն՝ համբերելեն զատ... Սուրբ գիրքը կըսե. որ համբերեսցե իսպառ, նա կեցցե:

— Այնպես է:

— Եթե չհամբերենք, բարկանալ պետք է, և մարգարեն կըսե. բարկանա՛յք և մի՛ մեղանչեք:

— Ճիշտ է,— պատասխանեց Աբիսողոմ աղան, որուն ականջը բնավ չէր մտներ քահանային խոսքերը և որ քահանային ներկայութենեն նեղություն կիմանար. վասնզի, ինչպես գիտեն ընթերցողները, կերակուրեն ուրիշ բանի պետք չուներ:

— Ձի ո՛չ հացիվ միայն կեցցե մարդ, այլ բանիվ տյառն: [12]

Քահանան քթախոտի տուփը ծոցեն հանեց և երկու մատներովը քթախոտ լեցուց քթին ծակերուն մեջ և հետո, տուփը Աբիսողոմ աղային երկնցնելով՝

— Հրամմեցե՛ք, օրհնա՛ծ,— ըսավ:

Աբիսողոմ աղան շնորհակալությամբ առավ տուփն և քիչ մը քթախոտ քաշեց:

— Քիչ քաշեցիք, Աբիսողոմ աղա, կաղաչեմ, անգամ մ' ալ քաշեցեք, քթախոտը վնասակար բան մը չէ:

Աբիսողոմ աղան անգամ մ' ալ քաշեց, որպեսզի խոսքը չ'երկարի և հյուրը մեկնի:

— Ինչո՞ւ աղեկ մը չեք քաշեր, Աբիսողոմ աղա,— կրկնեց քահանան, շատկեկ [13] քաշեցե՛ք:

— Շնորհակալ եմ, տեր հայր, սովորություն չունիմ:

— Կը խնդրեմ, մեղավորիս խոսքը մի՛ կոտրեք, քիչ մ' ալ քաշեցե՛ք:

— Ա՛լ չի քաշվիր,— ըսավ Աբիսողոմ աղան մեկուսի և քիչ մ'ալ քաշեց:

— Դավիթ մարգարեն [14] կըսե, որ՝ մարդո որպես խոտո են ավուրք յուր. . . [15]

— Քթախոտին համա՞ր կըսե:

— Չէ, մեզի համար կըսե. . . և մենք ալ աշխատելու ենք, որ այս վաղանցուկ կյանքի մեջ ուրիշներուն բարիք ընենք, աղքատ տնանկները խնամենք և երբեմն ալ մեր ննջեցելոց հոգվույն համար աղոթենք:

— Այնպես է:

---

[12] Որովհետև ոչ միայն հացով կապրի մարդ, այլ աստծո խոսքով: (Ավետարանից)

[13] Մի քիչ շատ:

[14] Դավիթ մարգարեն (մոտավ. 1010-970 թ. Ք. ա.) իրեկան թագավոր էր, որ հռչակվել է նաև որպես ենթադրական հեղինակ սաղմոսների մեծ մասի, որոնք հոգևոր երգեր էին հրեաների և քրիստոնյաների համար:

[15] Մարդու օրերը (կյանքը) խոտի նման է: Այսինքն՝ անցավոր:

— Պատրաստ գտնվելու ենք, որ կանչվելնուս պես երթանք:

— Իրավ է:

— Մեղավորս պիտի համարձակիմ խնդիրք մը ընել ձեր բարեպաշտությանը և կը հուսամ, որ չեք մերժեր, վասնզի ձեր բարեպաշտությունը և ջերմեռանդությունը շատ աղեկ կը ճանչնամ մեղավորս:

— Հրամմեցե՛ք:

— Տեր աստված յուր անսպառ գանձը միշտ բաց պահե հրամանոցդ պես ջերմեռանդներուն:

— Շնորհակալ եմ:

— Մեկուն տեղ հազար տա, հազարին տեղ միլիոն տա ի շինություն սբ. եկեղեցվո և ի փառս ազգին: Խնդիրքս սա է, որ առաջիկա կիրակի կուզեմ ձեր ննջեցելոց հոգուն համար պատարագ մատուցանել: Ներեցե՛ք համարձակությանս, բայց իմ պարտքս է միշտ իմացունել, որ ննջեցյալները մոռնալու չէ:

— Իրավունք ունիս, տեր հայր:

— Արդ, եթե կուզեք, ըսեք, որ ես ալ անոր համեմատ կարգադրություն մը ընեմ: Չկարծեք, թե ծախքը մեկ մեծ բան մ' է. երկու ոսկիով կը լմննա: Նույն օրը հատկապես ծանուցում ալ կընենք եկեղեցվո մեջ, որ վասն հոգվոցն ննջեցելոց Աբիսողոմ աղային է նույն ավուր սուրբ և անմահ պատարագը:

— Շնորհակալ կըլլամ:

— Բան մը չէ, մեր պարտքն է:

— Հրամմեցե՛ք, երկու ոսկին առե՛ք,— ըսավ Աբիսողոմ աղան՝ քսակեն երկու ոսկի տալով քահանային:

— Թող այսօր մնար . . . ինչո՞ւ աճապարեցիք,– պատասխանեց քահանան ձեռները բանալով:

— Չէ, առե՛ք:

— Որովհետև կ'ստիպեք, ես ալ կառնեմ սիրտդ չկոտրելու համար: Օրհնյալ ըլլաք. տեր աստված ձեր տունը միշտ շեն պահե, ձեր քսակը միշտ լեցունե. ինչ որ ունիս սրտիդ մեջ, տեր աստված կատարե․ գործերուդ հաջողություն տա և ամեն փորձանքներե ազատ պահե:

Քահանան բարեմաղթությունները լմնցնելուն պես մնայք բարյավ ըսելով դուրս ելավ:

— Վերջապես խալսեցա [16],— ըսավ ինքնիրեն Աբիսողոմ աղան,— սա մարդուն ձեռքեն․ սա ինչ փորձանքներ են, որ կուգան գլուխս այսօր՝ Պոլիս ոտք կոխելես ի վեր: Շոգենավեն հազիվ դուրս ելած էի, խմբագիրին մեկը երկու ժամ գլուխս ցավցուց․ անկից զատվեցա և մինչև որ տունը գտա, հազար նեղություն քաշեցի: Տուն եկա, որ քիչ մը շունչ առնեմ և կերակուր ուտեմ, տանտիկինը զիս անոթի կը պահե և միշտ ներս կուգա, կաղաչե ինծի, որ բան մը հոգ չընեմ և հանգստությանս նայիմ: Աս ալ հերիք չէր, և ահա այս մարդը կուգա, բռնի քթախոտ քաշել կուտա ինծի և Դավիթ մարգարեեն խոսք բանալով՝ երկու ոսկի կառնե, կերթա․ երթա բարով: Այս ամենը քաշեցինք անոթի փորանց․ բայց սա կերակուրս ինչո՞ւ համար չեն բերեր․ այս գիշեր անոթի՞ պիտի պահեն զիս․․․ աս ի՞նչ խայտառակություն է․․․

Այս հարցումներն կուղղեր Աբիսողոմ աղան, և ահա գազն, որ արդեն հատած ըլլալով տկար լույս մը կուտար, կը մարի և մութի մեջ կը ձգե հյուրը:

— Բայց քաշվելու բան չէ աս,— կը շարունակե խոշոր մարդը,— կամ ուրիշ տեղ մը երթալու է և կամ կինը կանչելով քանի մը խոսք ըսելու է: Ես իմ քաղաքիս մեջ երկու սպասավոր ունեի, որ դեմս բարև կը բռնեին․ սեղանը կանուխ կը պատրաստեին և իմ գործերս կը տեսնեին․ սպասավորներով վարժված մարդ մը ինչո՞ւ այս նեղությունն քաշե հիմա:

— Աս ի՞նչ է, գազը մարա՞ծ է․․․— հարցուց տիկինը սենյակին դուռը բանալով:

— Այո՛, մարած է,—պատասխանեց Աբիսողոմ աղան՝ զսպելով յուր զգացած նեղությունն, որ ավելնալու վրա էր:

---

[16] Ազատվեցի

— Դուն հանգիստ եղիր, Աբիսողոմ աղա, այդ բաները նայիլը մեր գործն է:

— Այո՛, բայց ես անոթի եմ և սպասելու կարողություն չունիմ:

— Ես ի՞նչ ըսի քեզի, դուն սիրտ մի՛ հատցուներ. ամեն բան ինծի ձգե՛, ես կը հոգամ:

Տիկինը շուտ մը դրացվույն տունը վազեց և անոր գազն բերելով լուսավորեց Աբիսողոմ աղային խուցը:

Դ

Այս լուսավորության վրա կես ժամ չանցավ, և Աբիսողոմ աղային ներկայացավ երիտասարդ մը, որ վաճառականի չէր նմաներ. սեղանավորի ալ չէր նմաներ, արհեստավորի ալ չէր նմաներ, գործավորի ալ չէր նմաներ, և վերջապես անանկ բանի մը կը նմաներ, որուն նմանը չկա: Հազիվ երեսուն երկու տարեկան կը թվեր: Կապույտ աչերով, դեղին մազերով զարդարված ըլլալով՝ ուներ նաև երկու մատ մորուք, որ մայրաքաղաքիս մեջ կամ սզո նշան է և կամ չքավորության: Հագուստներն այնքան հին էին, որ հնախույզները զանոնք գնելու համար մեծաքանակ գումար մը կուտային: Սակայն եթե հագուստի մասին վանողական էր, դեմքի մասին քաշողական զորություն ուներ այս անձը:

— Ծառա եմ մեծապատվությանդ, մեծապատիվ տե՛ր,— պոռաց այս երիտասարդն սենյակեն ներս մտնելով և մոտենալով Աբիսողոմ աղային:

— Ի՞նչ կա, ի՞նչ կուզեք,— հարցուց Աբիսողոմ աղան վախնալով:

— Վսեմափայլ տե՛ր, ձեր գալուստն լսելով փութացի հոս

գալ, իմ խորին մեծարանացս հավաստին ձեր ոտքերուն տակը դնել:

— Ոտքերո՞ւս տակը . շատ աղեկ, դի՛ր,— ըսավ Աբիսողոմ աղան, որ կը կարծեր, թե մուճակ [17] բերած էր իրեն:

— Շնորհակալ եմ, բարձրապատիվ տեր,— ըսավ երիտասարդը, գլուխը բացավ և սեղանին վրա ելավ, կանգնեցավ:

Աբիսողոմ աղան այս տեսարանին առջև բոլորովին շվարած՝ անհամբեր տեսնալ կուզեր, թե ի՞նչ պիտի ըներ այս պարոնը սեղանին վրա:

Երիտասարդն ծոցեն թուղթ մը հանեց և աչերն Աբիսողոմ աղային անկելով՝ բոլոր ձայնովը պոռաց.

— Տյարք և տիկնայք. . .

Աբիսողոմ աղան այս ահարկու ձայնեն վախնալով՝ նստած տեղեն երկու կանգուն վեր ցատկեց և չկրնալով ինքզինքը զսպել՝ պոռաց.

— Ո՞վ է այս մարդը, հիմարանոցեն փախած խե՞նդ է, թե հիմարանոց երթալու հիմար:

— Հայ ազգն,— շարունակեց երիտասարդը ձայնը քիչ մը իջեցնելով,— այսօր այնպիսի հանդես մը կը կատարե, որ մեր հայրենյաց ամենեն քաջ դյուցազնին նվիրված է. . .

— Միտքդ ի՞նչ է, եղբայր. . .

— Կար ժամանակ մը, ուր խավարը լուսո դեմ կը կռվեր, տգիտությունը գիտության դեմ, անցյալն ապառնիին դեմ, հրամայականը սահմանականին դեմ, սուրը գրիչի դեմ, ատելությունը սիրո դեմ, կրակը ջուրին դեմ, միսը բանջարեղենին դեմ. իսկ հիմա անցան այն ժամանակները. անոնք անցյալ են, մենք՝ ապառնի, անոնք խավար են, մենք՝ լույս, անոնք տգետ են, և մենք՝ գիտուն, անոնք սուր են, մենք՝ գրիչ, անոնք ատելություն են, մենք՝ սեր, անոնք կրակ են, մենք՝ ջուր, անոնք միս են, մենք՝ բանջարեղեն, անոնք վարունգ են,

---

[17] Սենյակի մեջ հագնելու չստիկ

մենք՝ խնձոր, անոնք փուշ են, մենք՝ վարդ. անցան, անցան այն դարերը, ուր մարդկությունը տգիտության օրորոցին մեջ մեյ մը աղին, մեյմը անդին կերթար, կուգար...

— Միտքդ ի՞նչ է, եղբայրս, ես քեզի բան մը չըրի, ի՞նչ կուզես ինծմե, գնա քեզի բարկացնողին գրուցե՛ այդ խոսքերը ...

— Այո՛, մարդկությունը կը չարչարվեր, կը նախատվեր անգութ բռնավորներու ձեռքեն և չեր գիտեր, որու երթալ և որու բողոքել:

— Տեր ողորմյա... տեր ողորմյա,— ըսավ ինքնիրեն Աբիսողոմ աղան,— քաշելիք ունինք եղեր... ես կրնամ հիմա զինքը սեղանեն վար առնել, բայց կը վախնամ, որ ծոցեն ատրճանակ մը կը հանե և կը զարնե ինծի, վասնզի խիստ բարկությամբ կը խոսի:

— Իսկ երբ գիտությունն եկավ,— շարունակեց ատենաբանը,— և վանեց տգիտությունն, ինչպես լույսն՝ խավարը, սերն՝ ատելությունը, գրիչն՝ սուրը, ապագան՝ անցյալը, այն ատեն, ա՛հ, այն ատեն... այո՛, այն ատեն, այո՛, կըսեմ, այն ատեն միայն հասկցվեցավ, որ մարդկություն, ազգ և հայրենիք բառերը բառարանները լեցնելու համար շինված բաներ չէին, այլ ամեն մարդու մտքին մեջ, սրտին մեջ, հոգվույն մեջ երկաթյա տառերով և անջինջ կերպով դրոշմելու բառեր էին...

— Եղբա՛յր, կաղաչեմ, վար իջի՛ր և այնպես գրուցե՛ ցավդ ...

Ատենաբանը կայնած տեղը այնպես կը դողար, որ Աբիսողոմ աղային սիրտը կը հատներ, թե գազը գետինը պիտի իյնար:

Ուստի չուզելով այլևս համբերել՝ պոռաց ինքնակոչ ատենաբանին երեսն ի վեր.

— Վա՛ր իջիր սըկե[18]:

— Կաղաչեմ, մի սաստեր զիս:

---

[18] Այստեղից

— Վա՛ր իջիր, ապա թե ոչ…

— Մի՛ կոտրեր իմ սիրտս, որ ազգին համար կը բաբախէ:

— Ինչ ըսելիք որ ունիս, եկուր քովս, մարդու պես նստէ և ըսէ. հոն տեղվանքը ելնել ի՞նչ պիտի ըլլա:

— Կաղաչեմ, թո՛ղ տուր վերջացնեմ. ա՛հ, չես գիտեր, թե որչա՛փ կը հուզվիմ, երբ ճառ կկարդամ:

— Վա՛ր իջիր:

Ատենաբանը բեմեն կիջնա և կերթա աթոռի մը վրա կը նստի:

— Հիմա՛ զրուցե ինձի, միտքդ ի՞նչ է,— կըսե Աբիսողոմ աղան բարկությամբ:

— Կաղաչեմ, մի բարկանար:

— Ի՞նչ կուզես, զրուցե, շո՛ւտ, հիմա՛:

— Բարկությամբ մի՛ վարվիր հետս, ոտքդ պագնեմ, սիրտս լեցված է, հիմա կսկսիմ լալ:

Եվ ատենաբանը կսկսի լալ:

— Լալու ի՞նչ կա, եղբայրս:

— Ծառադ կը փափագի գրականությամբ ազգին ծառայել, բայց այս ազգը շատ ապերախտությամբ կը վարվի յուր գրագետներուն դեմ:

— Ատոր մեջ ես ի՞նչ հանցանք ունիմ:

— Դուք հանցանք չունիք և թերևս իրավունք ունիք… ոտանավոր ունիմ գրած հայրենիքի վրա, սքանչելի կտորներ, պատվական տողեր, որոնց մեջ երևակայությունը, ավյունը, խանդն, հուրն ու բոցը սավառնաթև կը սլանան:

— Շատ աղեկ, ատոր համար լալո՞ւ է:

— Մեր ազգն անոնց հարգն ու պատիվը չի ճանչնար, զանոնք աղայական բաներ կը կարծե և թող կուտա, որ զանոնք գրողը անոթի մնա:

— Ես ի՞նչ ընեմ:

— Կաղաչեմ, քաղցրությամբ վարվե՛ հետս:

— Ի՞նչ ըրած ունիմ քեզի:

— Ձեզի պիտի աղաչեի, որ…

— Ի՞նչ, շո՛ւտ ըսե…

— Մի՛ պոռար երեսս ի վար, հոգիդ սիրես, հիմա կսկսիմ լալ...

Նորեն սկսավ լալ գրագետը:

— Տեր աստված, դուն համբերություն տուր ինծի,— ըսավ Աբիսողոմ աղան մեկուսի:

— Խնդիրքս սա էր, որ կուզեի տպել տալ քիչ մը առաջ կարդացած ճառս...

— Գնա տպել տո՛ւր. քու ձեռքեդ բռնող կա՞:

— Պիտի խնդրեի ձեր մեծապատվութենեն, որ տպագրության ստակը դուք տայիք:

— Ինչո՞ւ... ի՞նչ պատճառ կա, որ քու ճառիդ համար ես դրամ տամ: Լավա՞ծ բան է, որ մեկը իրեն շահուն համար գիրք տպե. և ծախքն Աբիսողոմը տա...

— Կը խնդրեմ, սիրտս արդեն խոցված է, դուք ալ նոր վերք մը մի՛ բանաք հոս:

— Ինչո՞ւ վերք պիտի բանամ եղեր. գնա՛ բանդ, եղբա՛յր, փորձանք եղար գլխուս:

— Գիտե՞ք՝ որքան ծանր է գրագետի մը ասանկ խոսքեր լսելը...

— Չեմ գիտեր և գիտնալ ալ չեմ ուզեր:

— Բանաստեղծի մը սիրտը շատ փափուկ է, ամենաթեթև խոսքե մը կվիրավորվի: Այս նյութին վրա ոտանավոր մը գրած ունիմ, կարդամ, մտիկ ըրե՛ք:

— Ոտանավոր մտիկ ընելու ժամանակ չունիմ:

— Կաղաչեմ, ոտանավորիս հետ խստությամբ մի՛ վարվիք. այն ոտանավորին համար, զոր դուք չեք ուզեր մտիկ ընել, երկու ամիս աշխատած եմ ես և երբ որ անոր նախատվիլը տեսնեմ, արժանապատվությունս կը վիրավորվի: Կաղաչեմ, ոտանավորիս համար գեշ մի գրուցեք...: Կը խնդրեմ, թույլ տվեք ինձ կարդալ զայն անգամ մը...

— Ես ոտանավոր մտիկ ընելու չեկա հոս:

— Շատ լավ. ողբերգություն մը գրած եմ, անոր վրայեն անցնինք:

— Չեմ ուզեր․ ես անոթի եմ հիմա, կերակուր պիտի ուտեմ:

— Շատ լավ, ուտելիքի վրա ատենաբանություն [19] մը ընեմ:

— Ժամանակ չունիմ մտիկ ընելու:

— Կաղաչեմ, այդ խոսքը ուրիշ անգամ մի՛ ըսեր, ատկե ավելի ծանր խոսք չկա հեղինակի մը համար, որ յուր մեկ աշխատասիրությունն ուրիշի կարդալու փափազ կը հայտնե: Կը խնդրեմ, բարձրապատիվ տեր, քաղցրությամբ վարվեցեք հեղինակներու հետ:

— Գլխուս վրա՞ նստեցունեմ քեզի:

— Ոտքըդ պագնեմ, մի ծաղրեք զիս, ինչո՞ւ ձեր գլխուն վրա նստեցունեք:

— Ի՞նչ ընեմ հապա, քանի քեզի՞ տամ՝ հեղինակներու հետ քաղցրությամբ վարված ըլլալու համար:

— Ո՛չ, միայն ճառիս տպագրության ծախքը:

— Քանի՞ ոսկիով կը լմննա գործդ:

— Չորս ոսկիով կը լմննա, բան մը չէ, իմ Մեկենասս[20] պիտի ըլլաս, ես ալ քու անունդ ոտանավորով մը գրքույկին ճակատը պիտի դնեմ:

— Ճակա՞տը դնես պիտի:

— Այո՛:

— Ինչո՞ւ համար:

— Որպեսզի ամեն մի մարդ գիտնա, թե ձեր ստակովը տպված է այն գիրքը:

— Շատ լավ,— պատասխանեց Աբիսողոմ աղան և քակեն չորս ոսկի հանեց, տվավ: Հեղինակն հազար հարգանք մատուցանելով՝ դուրս ելավ:

---

[19] Ճառախոսություն

[20] Մեկենասը (մեռել է 8 թվ. Ք. ա.) հռոմեական արիստոկրատ, պետական գործիչ և գրականագետ էր: Հայտնի է գրականությանը ցույց տված հովանավորությամբ: Անունը ստացել է համաշխարհային հռչակ և դարձել հասարակ անուն ամեն մի ունևորի համար, որ հովանավորում է գիտությունն ու արվեստը:

Աբիսոզոմ աղան ետևեն կանչեց զինքը և հարցուց.

— Չկրնա՞ր ըլլար, որ գրքին ճակատը սպասավորներուս ալ անունները դնես և իմացունես ազգին, որ Աբիսողոմ աղան կովեր, ոչխարներ, էշեր և ագարակներ ունի յուր քաղաքին մեջ:

— Աղ ձեր բածները հովվերգության ճյուղին կը վերաբերին:

— Չեմ հասկնար:

— Ատոնց վրա ոտանավորներ կը գրվի. եթե փափագիք ոտանավոր մը շինեմ:

— Ի՞նչ ընեմ ոտանավորը:

— Լրագրին մը մեջ տպել կուտաք:

— Կը տպե՞ն:

— Ինչո՞ւ չպիտի տպեն. եթե կես ոսկի տալու ըլլաք, քառասուն անգամ կը տպեն:

— Շատ աղեկ. աղ բածդ գրե՛:

— Գլխուս վրա:

— Բայց աղվոր բան մը ըլլա:

— Շատ լավ:

— Այնպես որ տեսնողը հավնի:

— Հարկա՛վ:

— Վաղը առտու կը բերե՞ք:

— Վաղը առտո՞ւ... ի՞նչ կըսեք... մեկ ամիսեն հազիվ կրնամ պատրաստել:

— Մե՞կ ամիսեն:

— Հազիվ. ոտանավորը կարդալը դյուրին է, բայց գրելը` դժվար: Գեղեցիկ ոտանավորի մը համար քիչեն քիչ երկու ամիս պետք է:

— Ի՞նչ կըսեք...

— Այո՛, բայց ես կաշխատիմ ամիսե մը լմնցնել:

— Ատ ի՞նչ դժվար բան է եղեր:

— Ի՞նչ կարծեցիք հապա. երկու ամիս պիտի սպասեմ, որ մուսաս գա և ներշնչե ինծի, որպեսզի գրեմ. առանց մուսայի ոտանավոր չի գրվիր:

— Եթե այդ մուսան գալու չըլլա՞...:

— Անպատճառ կուգա:

— Չկրնա՞ր ըլլալ, որ նամակ մը գրես և աղաչես իրեն, որ շուտ մը գա և դուն ալ երկու ամիս չսպասես:

— Անիկա ինքնիրեն կուգա, նամակի պետք չունի, մեծապատիվ տեր:

— Ո՞ւր կը նստի... շատ հեռո՞ւն է:

— Այո՛, շատ հեռու է, բայց կուգա:

— Ցամաքե՞ն, թե ծովեն:

— Չէ՛, մեծապատիվ տեր, չէ՛:

— Ո՞վ է ուրեմն սա գետնին տակն անցնելու մարդը... ուսկի՞ց պիտի գա... ըսե, որ ճամփա մը մտմտանք ու բերել տանք... Եթե մեկ երկու ոսկի տանք, այս շաբաթ կուգա՞:

— Այ՛ո, երկու ոսկի տալուդ պես գործը կը դյուրանա, և մուսաս այս շաբաթ վազելով կուգա,— պատասխանեց անմուսա բանաստեղծը ոսկի բառը լսելուն պես:

— Գրե՛ ուրեմն իրեն, իմ կողմես ալ հատուկ բարևներ ըրե և ըսե, որ Աբիսողոմ աղան քեզ տեսնել կուզե:

— Գլխուս վրա: Մնայք բարյավ, տեր, շնորհակալ եմ ձեզմե, ծառա եմ ձեր մեծապատվությանը և կաղաչեմ ընդունիք...

— Ոչ,— ըսավ Աբիսողոմ աղա բարկությամբ,— ա՛լ երկար ըրիր, ահա ինչ որ ըսիր, ընդունեցի և դեռ ի՞նչ կուզես, որ ընդունիմ...

— Խորին հարգանացս հավաստիքը, տեր... որով մնամ ձեր մեծապատվության ամենախոնարհ ծառա:

— Շատ աղեկ:

Մեկնեցավ բանաստեղծն՝ երկու ոսկիով բերել տալ խոստանալով մուսան, զոր ոմանք ավելի աժան գնով բերել կուտան: Մուսայի մ՚օրականն հյուսնի մ՚օրականեն ավելի չէ այժմ:

Աբիսողոմ աղան, ինչպես գիտեցին ընթերցողներն, կը մոռնար յուր անորթությունն ամեն անգամ, որ մեկն անոր խոսք կուտար անունը լրագրի մեջ անցունելու և կամ եկեղեցվո մեջ ծանուցում ընելու, ինչպես նաև յուր քսակին բերանը կը բանար և դրամով կը վարձատրեր ամեն անոնք, որ իրեն կը խոստանային անունն ժողովրդյան մեջ տարածելու: Փառասիրությունն ալ տեսակ մը անոթություն է, զոր դրամով կը կշտացունեն մարդերը: Լրագիրներու մեջ գրվելու փառասիրությունն, զոր ոմանք մոլություն կը համարեն, և ոմանք առաքինության կարգը դասել կը փափագին, և որ մեր ժողովրդյան ամեն դասերուն մեջ կը գտնվի այսօր, տիրած էր նաև Աբիսողոմ աղային վրա, որ բանաստեղծին մեկնելեն ետքը փոխանակ յուր անոթությանը վրա խորհելու՝ սկսավ ոտանավորին վրա միտք հոգնեցունել:

— Արդյո՞ք—, հարցուց ինքնիրեն,— ոտանավորն ուզածիս պես պիտի ըլլա՞․ սա մարդու մուսան քանի՛ օրեն պիտի գա՞․ և եթե չգա, անոր տեղն ուրի՞շ մը բերելու է․․․:

Այս հարցումներն կուղղեր իրեն, երբ տան տիկինը ներս մտնելով ըսավ․

— Կերակուրը պատրաստ է, հրամմեցե՛ք, Աբիսողոմ աղա:

— Ըստ տաճկաց [21] ժամը գիշերուան չորսը զարկած էր:

Ե

Այն խուցն, որուն մեջ Աբիսողոմ աղան ապաշխարանք քաշած էր, ուներ յուր դեմն սենյակ մը, որ խոհանոցի քովն էր և որ ճաշի հատկացված էր: Այս սենյակը մտավ Աբիսողոմ աղան առաջնորդությամբ տիկնոջ, որ սեղանը պատրաստած էր վերջապես:

[21] Տաճկաց ժամացույցը ելակետ ունի արևի մայրամուտը, որ երեկոյան ժամը 12-ն է համարվում:

Աբիսողոմ աղան ճաշի սենյակը մտնելով բարևեց Մանուկ աղան, որ սեղանին շուրջը աթոռներ շարելու զբաղած էր:

— Սանկ հրամմեցե՛ք, Աբիսողոմ աղա, ըսավ Մանուկ աղան՝ սեղանին վերի կողմը ցույց տալով յուր հյուրին:

— Հրամանքնիդ նստեցե՛ք, ես ալ կը նստիմ,— պատասխանեց հյուրն՝ նստելով իրեն ցույց տրված տեղը:

— Ներեցե՛ք կերակուրս այսչափ ուշացնելուս համար, ուրիշ իրիկուններ ձեր ուզած ժամուն կրնաք ուտել․ այս գիշեր քանի մը պատճառներ թող չտվին, որ սեղանն ժամանակին պատրաստվեր․ այս պատճառները վերջը կպատմեմ ձեզի։ Ի՞նչպես եք, տեսնենք, Աբիսողոմ աղա, հանգի՞ստ եք,— հարցուց Մանուկ աղան ձայնին աստիճանն իջեցունելով:

— Շատ հանգիստ եմ:

— Շնորհակալ ենք, մեր բարեկամն ի՞նչպես է Տրապիզոն:

— Աղեկ է, հատկապես բարև ըրավ ձեզի:

— Բերող տանողն ողջ ըլլա։ Եթե ձեզի գավաթ մը օղի տամ, կը տնկե՞ք․ ախորժակ կը բանա:

— Գավաթ մը միայն կը խմեմ:

— Շատ լավ․ հրամմեցեք:

Մանուկ աղան երկնցուց գավաթն Աբիսողոմ աղային, որ ի մի ումպ կլլեց զայն, այսինքն օղին․ գավաթը չհասկնաք:

— Անուշ ըլլա, Աբիսողոմ աղա:

— Շնորհակալ եմ:

— Ձեր կենդանությանը:

— Ողջ եղե՛ք:

Մանուկ աղան օղին ջրով բարեխառնելեն ետքը խմեց զայն ի չորս ումպ:

— Տիկինը մինչև որ կերակուրներն տաքցունե և բերե, մենք կրնանք խոսիլ և ժամանակ անցունել, այնպես չէ՞, Աբիսողոմ աղա:

— Այո,— պատասխանեց հյուրն այնպիսի եղանակով մը,

որ կը հասկուցներ, թե ավելի լավ էր նախ կերակուր ուտել և ապա խոսիլ:

— Մտիկ արեք ուրեմն այսօր մեր գլուխն եկածները։ Քանի մը շաբաթե է վեր թաղականի մը ընտրության ետևե ինկած ենք։ Դուք հիմա ձեր մտքեն պիտի ըսեք, թե՝ մարդ, թաղականը քուկին ինչո՞ւդ պետք։ Անանկ չէ, Աբիսողոմ աղա, ազգին գործը ես չնայիմ, դուն չնայիս, ան չնայի, ո՞վ նայէ ուրեմն․ ինչուս պետքը շատ գեշ բան է, անով ամեն մարդ մեկդի կը քաշվի, և ազգին գործերն ալ երեսի վրա կը մնան։ Իմ գիտցածս՝ ամեն մարդ ձեռքեն եկածին չափ ազգին գործերուն ալ աշխատելու է: Հատ մ՛ալ կը խմե՞ք, Աբիսողոմ աղա, ախորժակ կը բանա:

— Սովորություն չունիմ մեկ գավաթեն ավելի խմելու:

— Մեր գավաթներն պզտիկ են, մանավանդ թե Պոլսո օդն ալ կը վերցունե:

— Շատ լավ:

Երկու բարեկամներ մեյմեկ գավաթ ևս խմեցին իրարու կենդանությանը, և Մանուկ աղան սկսավ ատենաբանության:

— Այս առտու,— ըսավ,— մեր թաղեն ազգային զբոսարանը գացած ժամանակս, ձեզմե աղեկ չըլլա, մեր բարեկամներեն Մելքոն աղային հանդիպեցա։ Այս Մելքոն աղան նախ Բարթողիմեոս աղային աղջիկը առած էր։ Բարթողիմեոս աղան ալ ժամանակավ մատով կը ցցունեն[22] եղեր, իբրև բարի մարդ, հյուրասեր մարդ, ազգասեր և բարեպաշտ մարդ, և շուկային մեջ շատ խանութներ ուներ, որոնցմե տարին բավական եկամուտ կառներ: Քանի մը տարիեն Մելքոն աղային կինը մեռավ, և Մելքոն աղան համետազործ Նիկողոսին աղջկանը հետ կարգվեցավ։ Այս աղջիկն քանի մը եղբայներ ունի, որոնց մին Ամբակում աղային քով գրագրություն կընե։ Այս Ամբակում աղան ալ տղա մը ուներ, որ թուղթ խաղալով հորը շատ ստակը կերավ և

---

[22] Ցույց են տալիս

վերջեն Ռուսաստան փախավ: Այս աղան Մարգար եպիսկոպոսին քրոջն թոռան եղբորորդին էր։ Մյուս եղբայրը շուկայի մեջ ոսկերիչ է․ բարձր հասակով, սիրուն մարդ մ՛ է: Երրորդ եղբայրը ատենոք շատ պարապ պատեցավ, խեղճության մեջ ինկավ, անոթութենե պիտի մեռներ, վերջեն թաղական անդամ ընտրվեցավ և մեկ երկու տարիեն ինքզինքը ժողվեց: Չերկնցնեմ խոսքս, Մելքոն աղան այդ Նիկողոս աղային աղջիկն առնելեն ետքը քանի մը տարիներ շատ հանգիստ կյանք վարեց, բայց վերջեն բախտը դարձավ, ձախորդություն ձախորդության վրա եկավ, և ունեցած չունեցածը բոլորովին կորսնցուց։ Օր մը առնեմ զինքը, հոս բերեմ, և տեսներ, թե ինչ բարի մարդ է: Եղբայր մ՛ ալ ունի, որ վարպետ ժամագործ մ՛ է, ատենոք Պեռոյուք Տերե [23] կը նստեր, վերջը քանի մը տարիներ Իսկյուտար [24] նստավ, ետքեն Գում Գաբուն [25] երթալով՝ հոն ալ չկրցավ նստիլ, և հիմա չեմ գիտեր, ուր կը նստի։ Բայց շատ վարպետ ժամագործ է։ Թորոս աղան, որ և ոչ մեկ ժամագործի կը հանձնե յուր ժամացույցն, անոր կուտա, որ մաքրե։ Այս Թորոս աղան կը ճանչնա՞ք․ ուրիշ տեսակ մարդ է․ անոր մեկ պատմությունը ընեմ քեզի և մտիկ ըրե, որ տեսնես, թե աշխարհիս վրա սանկ մարդ կը գտնվի եղեր, որ․․․

— Բերե՞մ ապուրը,— հարցուց տիկինը սենյակին դռնեն ներս երկնցնելով գլուխը:

— Քիչ մը համբերե, տիկին, խոսքս լմնցունեմ, վերջը բեր։ Այնպես չէ՞, Աբիսողոմ աղա, խոսք պետք է յա՛: Եթե մտիկ ընելու ժամանակ չունիք և գլուխնիդ կը ցավցունեմ կոր, ըսե՛ք:

— Ատ ինչ խոսք է․․․ բա․․․

---

[23] Պեռոյուք Տերեն— Պոլսի արվարձաններից մեկն է՝ եվրոպական մասում:

[24] Իսկյուտարը— Պոլսի արվարձաններից մեկն է, գտնվում է Բոսֆորի ասիական ափին:

[25] Գում Գաբուն— Պոլսի քաղաքամասերից մեկն է, Մարմարա ծովի եզերքին:

Աբիսողոմ աղան չկրցավ շարունակել յուր խոսքը, զոր ընդմիջեց Մանուկ աղան Թորոս աղային պատմությանն սկսելով:

— Այս Թորոս աղան,— շարունակից,— մուշտակագործ մ՚ է, ականջը խոսի, և յուր ընտանիքովը հանգիստ կյանք մը կը վարե: Յուր տանը պետք եղած պարենը, կարասիքս և հանդերձեղեն յուր ձեռքովը կառնե և իրմե զատ և ոչ մեկու մը վստահություն ունի, ականջը խոսի: Մսավաճառեն միս կառնե, տուն երթալուն պես կը կշռե զայն, և անպատճառ քանի մը տրամ պակաս կը գտնե միսը, մսավաճառին կերթա, հետը կռվի կը բռնվի և քանի մը տրամ պակաս արված միսը կառնե տուն կը դառնա: Ասանկ տարօրինակ մարդ մ՚ է. ականջը խոսի: Օր մը այս Թորոս աղան, ականջը խոսի, ժամացույցին փոշիները մաքրել տալու համար ժամագործի մը կերթա և հետը սակարկության սկսելով՝ վերջապես տասն և հինգ դահեկան կը հավանի տալ, այն պայմանով, որ ժամագործն յուր առջևը մաքրե ժամացույցը, վասնզի Թորոս աղան, ականջը խոսի, ինչպես ըսի, և ոչ մեկու մը վստահություն ունենալով՝ չէր ուզեր իր ժամացույցն ժամագործին հանձնել և երթալ՝ վախնալով, որ ժամացույցին մեջեն բան մը կը գողցվի, կամ ժամագործը դիտմամբ կավրե ժամացույցն՝ մեծ ծախք մը բանալու համար, ինչպես որ կընեն շատ մը ժամագործներ, երբ քանի մը օր անգործ մնան: Ժամագործն յուր պատվույն դեմ անարգանք կը համարի Թորոս աղային առաջարկությունն և կը բարկանա: Եթե դուն ըլլայիր ժամագործին տեղ չէ՞իր բարկանար:

— Կը բարկանայի,— պատասխանեց Աբիսողոմ աղան, որ խելքն ու միտքը ապուրի դրկած ըլլալով՝ բնավ ականջ չէր կախեր Մանուկ աղային ըրած պատմությանը:

— Թորոս աղան, ականջը խոսի, կրակ կը կտրի ժամագործին բարկանալուն վրա և քանի մը ծանր խոսքեր կընե իրեն, որ ընելու չէր. այնպես չէ՞:

— Այնպես է,— պատասխանեց դարձյալ Աբիսողոմ

աղան մեքենաբար՝ միշտ հավանության պատասխաններ տալով իրեն եղած հարցումներուն, որպեսզի խոսքը չերկարի, և կերակուրը բերեն:

— Ժամագործը կը փնտռե Թորոս աղան, ականջը խոսի. Թորոս աղան ալ, ականջը խոսի, խանութեն դուրս ելնել չուզեր՝ փնտռվիլն իրեն պզտիկություն համարելով. դուն ալ ըլլա՛ս, չես ելլա՞ր ա՛:

— Չեմ ելլար ա՛,— պատասխանեց Աբիսողոմ աղան, որ չէր գիտեր, թե ուս կից չէր ելլար և ինչո՛ւ չէր ելլար. վասնզի, ինչպես ըսինք, Թորոս աղային ըրած պատմության և ոչ մեկ բառը յուր ականջը մտած էր . միայն հարցումներու կը պատասխաներ:

— Ծեծկըրվուքը կսկսի . ժամագործն ապտակ մը կը զարկե Թորոս աղային . ականջը խոսի, Թորոս աղան, ականջը խոսի, կից[26] մը կուտա ժամագործին. կարծեմ, ով ալ ըլլար Թորոս աղային տեղը, ուրիշ կերպով չպիտի կրնար պատասխանել ժամագործին ապտակին: Ոտքդ պագնեմ, Աբիսողոմ աղա, ըսե՛, այնպես չէ՞:

— Դուք ալ հոս դոմաղետո՞վ[27] կը շինեք,— հարցուց մեկեն ի մեկ Աբիսողոմ աղան:

— Դոմաղետո՞վ:

— Այո՛, ուրիշ տեղեր դոմաղետով կը շինեն եղեր:

— Ժամացո՞ւյցը:

— Ո՞ր ժամացույցը:

— Թորոս աղային ժամացույցը:

— Թորոս աղան ո՞վ է:

— Մտիկ չըրի՞ր ուրեմն ըրած պատմությունս:

— Ըրի, կատարյալ մտիկ ըրի,— ըսավ Աբիսողոմ աղան, որ յուր դոմաղետի հարցումովն հաստատեց, թե միտքն ապուրի, ապուրեն դոմաղետի, դոմաղետեն Պոլսո մեջ բրինձի

---

[26] Քացի

[27] Պոմիդոր

ապուրին ինչպես շինվելուն գնացած էր, և բնավ ունկն չէր դրած Մանուկ աղային խոսքերուն:

Աբիսողոմ աղան շատ իրավունք ուներ յուր տան տիրոջ երկարաձիգ ճառն մտիկ չընելու, մանավանդ անոթի փորով:

Աշխարհիս վրա կան մարդեր, որք կը կարծեն, թե իրավունք ունին մեկու մը քթեն բռնել և ժամերով անոր գլուխը ցավցունել: Ուրիշներ ալ կան, որ իրենց խոսքերը մտիկ անել տալու համար մարդ կը փնտրեն և եթե չգտնեն, պատրաստ են հոժարակամ օրական վարձ մ' ալ տալ. ոմանք ալ ամսականով ունկնդիր կը փնտրեն: Շատ անգամ ինծի ալ պատահած է այս փորձանքը, և ես մտիկ ընել ձևացունելով՝ իմ գործիս վրա խորհած եմ. հավանության պատասխաններ տալով ինծի եղած հարցումներուն՝ այնպես է պատասխանած եմ, եթե այնպես է հարցվեր ինծի. արդարությունն ալ այս է պատասխան տված եմ, երբ արդարությունն ալ այս չէ՞ հարցումն ուղղվեր ինծի. իրավունք ունիս ըսած եմ, երբ իրավունք չունի՞մ հարցումն եղած է, որպեսզի խոսքը կարճ կապվի: Դժբախտությունն հոն է, որ գլուխդ ցավցնողն երբեմն այնպիսի հարցում մը կընե, որուն պատասխանելը դժվար է, վասնզի վճիռ տալը քեզի կը թողու: Օրինակի համար, լմնցնելեն[28] ետքը ճառն, զոր դու բնավ մտիկ ըրած չես կը հարցունե քեզի.

— Մարկոս աղա՞ն իրավունք ունի, թե Կիրակոս աղան:

Ի՞նչ պատասխանելու է. գործին վրա բնավ տեղեկություն չունիս. որո՞ւն տալու է իրավունքը. մանավանդ գիտնալու է, թե իրավունքն որու պետք է տալ, որպեսզի գլուխդ ցավցունողին սիրտը չցավի: Ասոր ալ ես դյուրին ճանփան գտած եմ և հետևյալ պատասխանները կուտամ.

— Գործն անուշությամբ լմնցնելու է:

— Այո, բայց իրավունքը որո՞ւ քովն է:

— Ի՞նչ օգուտ... գեշ մարդու հետ գլուխ չելնըվիր:

[28] Վերջացնել

— Այո՛, բայց կաղաչեմ ըսէ՛, երկուքէն ո՞րն իրավունք ունի:

— Ինչո՞ւ կստիպես, որ ըսեմ, եղբա՛յր, երկու անգամ երկու չորսի պես հայտնի է իրավունքին ուր ըլլալը:

Շատերն այս պատասխաններովս զոհացուցած եմ. բայց ոմանք ալ կան, որ կարծես զքեզ ոստիկանության պիտի հանձնեն եթե չըսես, թե Մարկոսն իրավունք ունի, իսկ Կիրակոսն անիրավ է: Ասոնց ա՛լ ձեռքեն խալսելու համար՝ ստիպողական գործ մ' ունիմ՝ ըսելով առեր, քալեր եմ: Իսկ վերջերս տեսնելով, թե այս ընթացքս կը քաջալերե շատախոսները, քաղաքավարությունը մեկդի դնելով՝ օր մը անոնցմե մեկուն ըսի.

— Պարոն, զքեզ երկու ժամ մտիկ ընելու համար երկու ոսկի կուզեմ. երկու ոսկիեն լումա [29] մը պակաս եթե տաս, չեմ ընդունիր:

Մարդը կես ոսկի տվավ, իսկ ես չընդունեցի և օձիքս խալսեցի: Այս օրերս կը լսեմ, որ այդ մարդը քառորդ ոսկիի երկու ունկնդիր ևս վարձած է: Երանի «Մասիսին», որ յուր ունկնդիրներուն ստակ տալու տեղ անոնցմե ստակ կառնե:

Աբիսողոմ աղան ինծի պես չվարվեցավ և, ինչպես հայտնի է, երբ դոմադեսի հարցապնդումով զզալ տվավ ատենաբանին, թե յուր ճառն բնավ մտիկ բրած չէր, յուր անքաղաքավարությունն անմիջապես դարմանելու համար ըսավ.

— Կատարյալ մտիկ ըրի:

Աղե՞կ բրավ: Հայտնի է, որ գեշ բրավ, եթե ես յուր տեղն ըլլայի, պարզապես կըսեի Մանուկ աղային.

«Մանուկ աղա, ինձի նայե՛, եղբայրս, երբ որ մեկը խոսիլ կսկսի, խղճմտանքը մեկ դի դնելու չէ: Ութը ժամե ի վեր անոթի եմ ես և բնավ պետք չունիմ գիտնալ, թե Մարտիրոս աղան որուն տղան է, թե Գևորգ աղան որու հայրն է, թե

[29] Փոքր դրամ

ժամագործը Թորոս աղային ապտակ հաներ է, թե Թորոս աղան ալ ժամագործին կից տվեր է:

Այսպես կը խոսեի բացե ի բաց, ոչ թե միայն ընկերության մը մեջ զլուխ ցավցնողին, այլ նույն իսկ այն վարդապետներուն, որ շատ խոսելու նպատակավ միայն չորս ժամ քարոզ կուտան և կը վիրավորվին, եթե ժողովրդեն մեկը քարոզի ժամանակ եկեղեցիեն դուրս ելնե: Եվ արդեն ըսած եմ օր մը եպիսկոպոսի մը, որ հինգ ժամ քարոզ խոսելեն ետքը եկեղեցեեն դուրս ելած էր և խուցը կերթար:

— Ո՞ւր կերթաք, սրբազան,– հարցուցի:

— Շատ քրտնած ըլլալով խուցս պիտի երթամ և լաթ[30] պիտի փոխեմ:

— Դուք ո՞ւր կերթաք,– հարցուց ինծի:

— Ես ալ տուն կերթամ լաթ փոխելու համար,— պատասխանեցի իրեն:

Եվ այն օրեն ի վեր եպիսկոպոսն կարճ կը խոսի քարոզի մեջ:

Աբիսողոմ աղան չունեցավ այս համարձակությունը և խրախույս տվավ Մանուկ աղային, որ շարունակե յուր ճառը դոմաղեսական հարցման պատասխանելեն ետքը:

— Դոմաղեսը հոս կը գործածենք ապուրի մեջ, բիլավի[31] մեջ և ուրիշ մսեղեն քանի մը կերակուրներու մեջ, բայց բնավ երբեք ժամացույցի մեջ:

— Շնորհակալ եմ. ապուրի մեջ կը գործածվի ըսել է ես ալ ատ գիտնալ կը փափագեի:

— Ապուրը դոմաղեսո՞վ կը սիրեք, թե ոչ:

— Դոմաղեսով կը սիրեմ:

— Շատ աղեկ: Դառնանք հիմա մեր խոսքին . . . ո՞ւր մնացինք. . . հա՛, Թորոս աղային վրա էր: Տարօրինակ մարդ մ՚է աս Թորոս աղան, ականջը խոսի, շատ պատմություններ ունի. ուրիշ գիշեր մը զանոնք կը պատմեմ, և ժամանակ

---

[30] Շոր, ներքնաշոր

[31] Փլավ

կանցունենք։ Երկար չընենք, աս առտու հանդիպեցա Մելքոն աղային…

— Բերի, որ տաք տաք ուտենք,— ըսավ տիկինը ներս մտնելով և ապուրը բերելով։

— Այո՛, այո՛, ուտենք, վասն զի շատ անոթի եմ,— ըսավ Աբիսողոմ աղան։

— Հրամմեցէ՛ք…

— Շնորհակալ եմ, ըսավ Աբիսողոմ աղան և գդալը բերանը տանելու մնաց, մեկեն ի մեկ վեր ցատկեց։

— Կարծեմ թե շատ տաք էր, ներեցէ՛ք, Աբիսողոմ աղա,— ըսավ տիկինը։

— Քիչ մը ջուր առ բերանդ, Աբիսողոմ աղա,— ավելցուց Մանուկ աղան։

— Վնաս չունի, վնաս չունի…

— Տիկի՛ն, ինչո՞ւ համար ուշադրություն չեք ըներ կերակուրներու տաքությանը կամ պաղությանը,– ըսավ էրիկն կնոջը։

— Ա՛լ այս գիշեր մեր պակասություններուն աչք գոցելու է Աբիսողոմ աղան։

— Վնաս չունի, բան մը չէ։

— Ապուրը մինչև որ պաղի, այս օրվան դեպքը պատմեմ զոնե,– ըսավ Մանուկ աղան։

– Մանո՛ւկ աղա, Աբիսողոմ աղային գլուխ մի ցավցուներ այս գիշեր. թերևս չախորժիր։

— Ժամանակ անցունելու համար պիտի խոսեի, որ զբոսնու և չնեղվի։

— Ուրիշ գիշերվան թող. այս գիշեր հոգնած-հոգնած կրնա՞ քեզի մտիկ ընել։

— Կարծեմ թե Աբիսողոմ աղան սիրով մտիկ կընե ազգային գործերը և բնավ ձանձրություն չզգար։

— Այո՛, սիրով մտիկ կընեմ, պատասխանեց հյուրը,— բայց տիկինին ըսածին պես վաղը գիշերվան թողունք, վասնզի այսօր շատ հոգնած եմ։

— Շատ լավ, շատ լավ, ինչպես որ կուզեք, այնպես ըլլա.

բայց մեր թաղին թաղականին գործը շատ զվարճալի է: Մելքոն աղան եթե հոս ըլլար և պատմեր, խնդալեն կը ճաթեինք:

— Ապուրը պաղեցավ, հրամմեցէ՛ք,— ըսավ տիկինը:

Աբիսողոմ աղան այս հրավերն առնելուն պես՝ գդալով ապուրին վրա հարձակեցավ:

— Օղի մ'ալ կը խմե՞ք, Աբիսողոմ աղա:

— Շնորհակալ եմ, չեմ ուզեր:

— Տիկին, Աբիսողոմ աղային գինի լեցուր:

— Մանուկ աղա, այս գիշեր այլանդակ խոսքեր կընես, ապուրի վրա գինի կը խմվի՞:

— Ինչո՞ւ չխմվիր, տեսնենք պիտի հավնի՞ մեր գինիին:

Տիկինը դուրս ելավ և խաշած միս բերելով սեղանին վրա դրավ:

Աբիսողոմ աղան այնպիսի ախորժակով մը կուտեր, որ մսի կտորները առանց ծամելու կը կլլեր:

— Փառք քեզ, աստվա՛ծ, այս գիշեր ալ կշտացանք,— ըսավ Աբիսողոմ աղան փորն քահանայի մը պես լեցնելեն ետքը և երեսը խաչակնքելով ու ցած ձայնով հայր մերն ըսելով՝ սեղանեն ելավ և լվացվելու համար ջուր փնտրեց:

— Կերակուրեն վերջը կը լվացվի՞ք,— հարցուց տիկինը հյուրին:

— Եթե ջուր ըլլար. . .

— Մենք սովորություն չունինք, բայց ձեզի քիչ մը ջուր բերեմ և լվացվեցեք:

Աբիսողոմ աղան լվացվեցավ և ձեռները չորցնելու ատեն հարցուց տիկինին, թե որ սենյակին մեջ պիտի պառկեր:

Տիկինը ճրագով երկրորդ հարկը սենյակ մը առաջնորդեց հյուրին և վար իջավ:

Այս պառկելու սենյակն փոքր էր, և անոր ճիշդ չափը տված կըլլանք, եթե ըսենք, որ Աբիսողոմ աղային հասակին երկայնությունն ուներ: Անկողինը շինված էր այն միակ պատուհանին առջև, որ փողոցի վրա բացված էր: Աթոռ մը, քառակուսի պզտիկ սեղան մը, փոքրիկ հայելի մը, ջուրի շիշ մը և գավաթ մը, սանտր մը, վրձին մը այս սենյակին կարասիքը կը կազմեին:

Աբիսողոմ աղան սենյակեն ներս մտնելուն պես ձեռներն բացավ և նորեն փառք տվավ աստուծո, որ վերջապես խալսեցավ փորձանքներեն և առանձին մնաց: Բանտեն արձակվող մը չէր կարող ավելի ուրախություն զգալ: Փառաբանությունն ավարտելուն պես հանվեցավ և ինքզինքն անկողնո մեջ նետեց:

— Ասկեց ետքը ընելիքս գիտեմ,— ըսավ անկողնո մեջ, և ոչ մեկու հետ պիտի տեսնվիմ, վասնզի ես այս պոլսեցիները շատ չսիրեցի, ասոնք կամ դրամդ առնելու կը նային կոր կամ երկու, ժամ գլուխդ ցավցունելու: Ինչո՞ւս պետք իմին․ ես եկած եմ հոս կին մ՚ առնելու և երթալու․ որուն աղջիկն որ սիրեմ՝ կուզեմ․ եթե տան՝ կառնեմ, գործս կերթամ, և եթե չտան, եթե չտան․․․ բայց ինչո՞ւ չտան․․․ ինձմե աղեկի՞ն պիտի տան․․․ Եթե վաղը սա լրագիրն իմ անունս ալ փառավորապես գրե, այն ատեն շատերն պիտի աղաչեն ինծի, որ իրենց աղջիկն առնեմ․․․ Մեկեն ավելին ի՞նչ պիտի ընեմ․․․ անոնց մեջեն պարկեշտ աղջիկ մը կը զատեմ․․․ խոսկապը [32] կընեմ․․․ նշան կուտամ․․․ կը կարգվիմ․․․

Այս որոշումները տալով կը քնանա Աբիսողոմ աղան:

Զ

Աբիսողոմ աղան աղվոր քուն մը քաշեց նույն գիշերը, վասնզի շատ հոգնած էր և թերևս հետևյալ օրն ալ չէր բանար աչերն, եթե փողոցի վաճառականներն առավոտուն իրենց ահարկու ձայներովս չխռովեին անոր քունը, մահվան այդ

[32] Նշանդրեքից առաջ համաձայնություն:

կտրոնն, որ ոչ միայն հոգնած մարդերու հանգստարանն է, այլև շատ մշտնջենական ցավերու առժամանակյա դարմանն է: Երանի՛ անոնց, որ կը քնանան և ուշ կարթննան կամ բնավ չեն արթննար, վասնզի անոնք բնավ չեն զգար կամ գոնե քիչ կզգան այն ցավերն, որք հալ ու մաշ կընեն մարդս: Բայց Պոլսո մեջ քնանալու ազատություն ալ չկա․ գիշերները պահապաններն այնքան ուժով գետին կը զարնեն իրենց փայտերն, և առավոտուն փողոցի վաճառականներն այնքան բարձր ձայնով կեղանակեն իրենց ապրանքներն, որ քունն կը շվարի, կը մնա, թե ո՛ր կողմ փախչի: Եթե վերջին դատաստանին օրը Գաբրիել հրեշտակապետը չհաջողի յուր փողովն մեռյալներն արթնցնել, ես պիտի առաջարկեմ, որ այդ պաշտոնը Պոլսո փողոցի վաճառականներուն կամ գիշերային պահապաններուն հանձնվի: Աբիսողոմ աղան ալ, որ փողոցի վրա սենյակի մը մեջ կը պառկեր, ստիպվեցավ կանուխ արթննալ: Աչերը բանալուն պես անկողինեն ելավ, սնդուկը բացավ և ճերմակեղենները փոխեց, հետո լվացվեցավ և հագվեցավ:

Տան տիկինն, որ իմացած էր հյուրին ելած ըլլալն, վեր ելավ և զարդարուն սենյակ մը հրամցնելով զայն՝ իմաց տվավ, թե մեկն կսպասեր վարը և զինքը տեսնել կուզեր:

— Թո՛ղ հրամմե,— ըսավ Աբիսողոմ աղան:

— Շատ լավ, կաղաչեմ, ըսե՛ք ինձի․ խահվեն կաթո՞վ կը խմեք, թե առանց կաթի:

— Կաթ կը խմեմ առանց խահվեի:

— Կաթ բերեմ ուրեմն:

— Այո՛, կաթ բերե՛ք:

Տիկինը վար գնաց:

— Տեսնենք ո՞վ է աս մարդը,— ըսավ ինքնիրեն խոշոր մարդը,– թերևս աղջիկ ունի կարգելու և իմ Պոլիս գալս իմանալով՝ առավոտուն կանուխ հետս խոսելու եկած է: Բայց ես մինչև որ չստուգեմ աղջկան ինչ բնության տեր ըլլալը, խոսք չեմ տար․ նախ ամեն բան հասկնալու եմ, աղջիկը քննելու եմ, վերջեն հորս հարցնելու եմ․ վասնզի իմ սիրելս բավական չէ, պետք է որ հայրս ալ սիրե իմ կինս․ ոչ թե միայն հայրս, այլ ամեն մարդ հավնելու է․․․

— Բարև, վսեմափայլ տեր,— ըսավ երեսնամյա և վառվռուն երիտասարդ մը սենյակ մտնելով և արագաքայլ Աբիսողոմ աղային վազելով՝ անոր ձեռները սղմելու համար:

Աբիսողոմ աղան տեղեն ելավ և ձեռները հանձնեց այդ երիտասարդին, որ ուզածին պես սղմե և թոթվե [33] զանոնք՝ հազար ու մեկ հարզանքներ մատուցանելով:

— Նստեցե՛ք, Աբիսողոմ աղա՛, կաղաչեմ, չվայլեր, որ ոտքի ելնեք,— ըսավ երիտասարդն՝ տիրոջը դարձնելով իրեն հանձնված ձեռներն և կոտրտվելով ետ ետ գնաց, թիկնաթոռի մը վրա նստավ:

Աբիսողոմ աղան բազմոցին վրա բազմեցավ:

— Արդարև մեր պարտքն էր երեկ գալ և ձեր գալուստը շնորհավորել, բայց ուշ իմացանք ձեր գալն․ ատոր համար հատկապես ձեր ներողությունը կը խնդրենք,— ըսավ երիտասարդն ձեռներն իրարու շփելով:

— Այսօր գալով պակասություն մ' ըրած չեք ըլլար, որ ներողություն խնդրեք:

— Ձեր քաղաքավարությունն է, որ այնպես խոսել կուտա ձեզի, բայց մենք մեր պակասությունը միշտ կը ճանչնանք։ Արդարև մեծ պակասություն մ' է մեր ըրածը․ ձեզի պես երևելի մարդ մը մայրաքաղաքս գա, և պատկերահան մը անմիջապես բարի եկարի չերթա, պակասություններու պակասությունն է, որ և ոչ մեկ կերպով մը կրնա պակասություն ըլլալե դադրիլ:

— Ամենևին պակասություն մը չէ, եթե բնավ չգայիք, դարձյալ պակասություն մը չէր համարվեր ինծի համար:

— Շատ վեհանձն եք:

— Ամենևին վեհանձն չեմ:

— Թող այնպես ըլլա, ատոր համար հիմա վիճաբանության մտնելու հարկ չեմ տեսներ ․ միայն

---

[33] Թափ տալ

ինքզինքս ձեր տրամադրության տակ կը դնեմ և ձեր հրամաններուն կսպասեմ, եթե կուզեք, հոս քաշել [34] տվեք, եթե կը փափագիք, մեր գրասենյակը պատվել հաճեցեք, և հոն հանենք. ինծի համար միևնույն բանն է դուք ինչպես որ կախորժեք, այնպես ընելու պատրաստ եմ:

— Ի՞նչ պիտի քաշել տանք… իմ ակռաներըս աղեկ են:

— Գիտեմ, որ ակռաներդ աղեկ են, ինչպես նաև դուք ալ աղեկ եք. ես կը փափագիմ ձեր լուսանկար պատկերը քաշել:

— Ես մինչև հիմա պատկերս բնավ քաշել տված չունիմ և քաշել տալու հարկ մ՚ալ չեմ տեսներ, վասնզի ամեն օր հայելի կը նայիմ և ինքզինքս կը տեսնեմ:

— Եթե ձեր պատկերը մեկու մը ղրկելու ուզեք, հայելին կրնա՞ք ղրկել, Աբիսողոմ աղա:

— Հայելին ինչո՞ւ ղրկեմ, ես կերթամ:

— Շատ աղեկ կը խոսիք, բայց ես մինչև որ ձեր պատկերը չհանեմ, չեմ կրնար հանգիստ ըլլալ. ինծի համար պզտիկություն մ՚է ձեր պատկերը չհանելը, թող որ ձեզի համար ալ այնպես է:

— Ինչո՞ւ:

— Լաված բա՞ն է, որ ձեզի պես երևելի մարդ մը Պոլիս գա և պատկերը քաշել չտա. աշխարհ արարատ ձեր վրա պիտի խնդացնե՞ք:

— Ինչո՞ւ:

— Պատճառը հայտնի է, մեծ մարդերը բնականաբար մեծ բարեկամներ կունենան. դուք մեծ մարդ մ՚եք և այսօր կամ վաղը պիտի սկսեք մեծ մարդերու այցելություններն ընդունել: Առնցմե շատերն իրենց պատկերներն մեյմեկ հատ պիտի նվիրեն ձեզի, և դուք ալ պիտի ստիպվեք ձերինեն մեյմեկ հատ տալ անոնց:

— Եվ եթե չտամ, կը խնդա՞ն իմ վրա:

---

[34] Այստեղ՝ լուսանկարել:

— Խնդալն ալ խո՞սք է, ընկերություններու մեջ մատի վրա կառնեն քեզի:

— Զարմանալի բան...

— Լավա՞ծ բան է, որ ձեզի պես ազնվական մը պատկերը հանել չտա. մեծ ամոթ է...

— Մե՞ծ ամոթ...

— Այո, շատ մեծ ամոթ է. անվարտի[35] պտտիլն այնքան ամոթ չէ, որքան իրեն պատկերն չունենալը:

— Ես չէի գիտեր:

— Քաղաքակրթությունը և լուսավորությունը պարտք կը դնեն մեր ամենուս վրա, որ մեր պատկերներն ունենանք:

— Լրագիրները պիտի գրե՞ն, որ Աբիսողոմ աղան յուր պատկերը քաշել տված է:

— Լրագիրներու վերաբերյալ խնդիր մը չէ աս...

— Ըսել է թե եկեղեցիներու մեջ ծանուցում ալ չպիտի ըլլա:

— Ծանուցումի ի՞նչ հարկ կա, Աբիսողոմ աղա, կը ծաղրե՞ք զիս:

— Ծաղրե՞լ, ատոր շատ դեմ եմ ես... ի՞նչ իրավունք ունիմ ուրիշ մը ծաղրելու...

— Մի՛ բարկանաք...

— Չէ, կը բարկանամ, ես բնավորություն մը ունիմ, որ ամեն բան շիտակ կուզեմ:

— Շատ լավ. ի՞նչ դիրքով հանել կուզեք ձեր պատկերը:

— Միտք չունիմ պատկերս քաշել տալու, վասնզի անօգուտ բան մը կերևա ինձի:

— Ի՞նչ կըսեք, ասկից ավելի օգտակար ի՞նչ կա. եթե ձեր բարեկամներեն մեկուն այցելություն մը տալ ուզեք և ժամանակ չունենաք, ձեր մեկ պատկերը կը ղրկեք, կը լմննա, կերթա: Եթե կարգված եք, ձեր ամուսնունն կը ղրկեք, որ ձեր բացակայությանն ատեն անոր վրա նայելով կարոտը կառն. եթե ամուսնացած չեք, շատ աղջիկներ ձեր պատկերը կը

[35] Առանց վարտիքի

տեսնեն և ձեր ով ըլլալը կը հասկնան, որով ընկերություններու մեջ ձեր անունը կը խոսվի: Լուսանկար պատկեր մը այս օրվան օրս հացեն ավելի պետք է մարդուս. կաղաչեմ, որ համոզվիք, և ժամ առաջ երթանք ձեր պատկերը քաշենք:

— Աղջիկներն ի՞նչպես և ո՞ւր պիտի տեսնեն իմ պատկերս...

— Չէ՞ որ ձեր բարեկամներուն պիտի տաք, անոնք ալ իրենց տունը պատկերներու հատուկ գիրքի մը մեջ պիտի անցունեն և ամենուն պիտի ցուցնեն:

— Ցուցնելով ի՞նչ պիտի ըլլա:

— Ի՞նչ կուզեք, որ ըլլա... միշտ կը հիշվիք...

— Եթե չհիշվիմ, ի՞նչ կը կորսնցնեմ. հոգս էր իմին, թե զիս պիտի հիշեն. կուզեն՝ հիշեն, կուզեն՝ չհիշեն, ես անանկ դատարկ բաներու ստակ չեմ տար և քու խոսքերուդ ալ չեմ հավատար:

— Ասիկա պզտիկ էնսյուլթ[36] մ՛ է:

— Էնսյուլթն ո՞վ է:

— Տեր, գիտեք որ արտիստ մը վիրավորեցիք ծանրապես:

— Ե՞ս վիրավորեցի:

— Այո՛, դուք...

— Պատկերս քաշել չտալուս համար զրպարտության սկսա՞ր... ես մինչև հիմա մեկը վիրավորած չեմ:

— Այսօր զիս վիրավորեցիք:

— Գնա՛ ոստիկանության իմաց տուր, պարապ խոսքեր մտիկ ընելու ժամանակ չունիմ:

— Ոստիկանության երթալու հարկ չկա. կը խնդրեմ, որ ձեր բերնեն ելած խոսքը հաշտեցուներ ձեր քաղաքավարությանը հետ:

— Ես կռվի մեջ չեմ մտներ, գնա, դուն հաշտեցուր, եթե կռիվ ընողներ կան:

---

[36] Վիրավորանք

Մանուկ աղան Աբիսողոմ աղային նախաճաշը կը բերէ և եռոտանի սեղանի վրա դնելէն վերջը՝

— Հրամմեցէ՛ք, ձեր կաթը խմեցէ՛ք,– կըսէ:

Աբիսողոմ աղան աթոռ մը կառնէ, սեղանին առջև կը նստի և կսկսի կաթը խմելու:

— Ի՞նչ որոշեցիք նայինք, Աբիսողոմ աղային պատկերը կէ՞ս մեջքեն պիտի քաշեք, թե ոտքի վրա,— կը հարցունէ Մանուկ աղան:

— Ոչ կես մեջքեն, ոչ ալ ոտքի վրա,— կը պատասխանէ Աբիսողոմ աղան:

— Աթոռի մը վրա նստած ամբո՞ղջ պիտի քաշեք:

— Ո՛չ:

— Պառկա՞ծ պիտի հանեք:

— Ոչ:

— Քովընտի՞[37]:

— Ո՛չ:

— Ի՞նչպես որոշեցիք ուրեմն:

— Որոշեցինք, որ մեր պատկերը բնավ քաշել չտանք:

— Ատ չըլլար. ատիկա մեծ պզտիկություն է, Աբիսողոմ աղա՛. հիմա պզտիկներեն բռնէ, մինչև մեծերը զնա, ամենն ալ տարին քանի մը անգամ պատկերնին քաշել կուտան. երկու ամսու տղաներն անգամ իրենցն ունեն, միայն իրենց մորը արգանդին մեջ գտնվողները չունին իրենց պատկերը, եթե անոր ալ դյուրին մեկ ճամփան գտնեն, անոնց ալ պիտի հանեն:

— Ես չկրցի համոզել Աբիսողոմ աղան, որ կարծեց, թե զինքը խաբելու համար եկած եմ հոս,— ըսավ պատկերիհանը:

— Չէ, չէ, մեր պատկերիհանն անանկ մարդ չէ,— ավելցուց Մանուկ աղան:

— Ըսի, թե Աբիսողոմ աղային պես մեծ և երևելի մարդ մը իրեն պատկերն անպատճառ ունենալու է:

---

[37] Կողքի ընկած:

— Այո՛, ունենալու է, և քանի մը տեսակ: Օրինակի համար. տասներկու հատ պզտիկ, տասներկու հատ միջին, տասներկու հատ մեծ, տասներկու հատ ոտքի վրա, տասներկու հատ աթոռի մը վրա բազմած, տասներկու հատ քովընտի նստած, տասներկու հատ շիտակ նստած, տասներկու հատ ոտք ոտքի վրա դրած, տասներկու հատ ձեռք ձեռքի վրա, տասներկու հատ գլուխը ձեռքին կռնթած, տասներկու հատ ձեռքը սեղանի մը վրա դրած, տասներկու հատ պառկած, տասներկու հատ ձեռքը գավազան բռնած, տասներկու հատ խնդումներես, տասներկու հատ տխուր դեմքով, տասներկու հատ ալ ոչ խնդումերես[38] և ոչ տխուր դեմքով: Այո՛, Աբիսողոմ աղա՛, աս բածներես հատ մը եթե պակաս ըլլա, ձեր պատվույն վնաս կուգա:

— Իրա՞վ կըսեք,— հարցուց Աբիսողոմ աղան:

— Սուտ խոսելու բնավ պարտականություն չունիմ. եթե ասոնք չունենաս, քու վրադ աղեկ աչքով չեն նայիր. բոլոր մեծ մարդերն ասոնք ունին:

— Մեծ մարդերն ունի՞ն. աղեկ գիտե՞ս:

— Այո, ունին:

— Պզտիկներն ալ ունին՝ ըսիր հապա:

— Պզտիկներն այս չափ չունին, անոնք կամ երեք հատ և կամ շատ շատ վեց հատ հանել կուտան:

— Բնավ մտքես չէր անցներ, որ պատկերին այս չափ կարևորություն կը տրվի հոս:

— Այո՛, կարևորությունը հիմա միայն պատկերներուն կը տրվի, և որքան աղեկ քաշված ըլլան, այնքան ավելի կարևորություն կառնեն:

— Քանի որ ամեն մարդ յուր պատկերն ունի, իմ մեծ մարդ ըլլալս ինչե՞ն պիտի հասկցվի. միայն մեծ մարդերը քաշել տալու էին, որ այն ատեն...

— Բայց մեծ մարդերունը ուրիշ տեսակ է, խոշոր դիրքով և փայլուն թուղթի վրա կը հանեն:

---

[38] Ոչ ծիծաղկոտ երեսով:

— Չկրնա՞ր ըլլալ, որ սպասավորներս ալ առջևս բարև բռնած հանենք:

— Շատ աղեկ կըլլա:

— Իրա՞վ կըսեք:

— Այո՛:

— Օրինակի համար ես ագարակներ ալ ունիմ, որոնց մեջ շատ մը կովեր, ոչխարներ, ձիեր, սագեր, բադեր կան, անոնք ալ կարելի չէ՞ պատկերին մեկ կողմը դնել:

— Անոնք կարելի չէ, սպասավորներդ կրնաս առնել, այնպես չէ՞, պարոն Դերենիկ:

— Այո՛, այնպես է,— պատասխանեց պատկերիհանը:

— Չկրնա՞ր ըլլալ, որ,— հարցուց նորեն Աբիսողոմ աղան,— պատկերին տակը գրվի, որ այս մարդն ագարակներ [39], ձիեր, կովեր, էշեր ունի:

— Ատ չգրվիր . կրնա գրվիլ, բայց մինչև այսօր սովորություն եղած չէ: Սակայն ի՞նչ հարկ կա զանոնք գրելու, արդեն ամեն մարդ շուտով կիմանա:

— Ձիու վրա նստած կրնա՞նք հանել:

— Այո՛,— պատասխանեց Դերենիկը:

— Ձին վազցունելով սակայն:

— Ատ դժվար է:

— Շատ լավ, վաղը կը նայինք

— Եթե կուզեք մեքենան հոս բերեմ վաղը:

— Այո՛, այո՛, հոս բերե՛ք,— կրկնեց Մանուկ աղան, վանզի չվայլեր, որ Աբիսողոմ աղան ձեր սենյակը գա: Մեծ մարդերը միշտ իրենց տուներուն մեջ քաշել կուտան պատկերնին:

— Գլխուս վրա,— ըսավ Դերենիկն և ձեռները շփել սկսելով ոտքի վրա ելավ և կոտրվիլ սկսավ այնպես, որ խոսք մը ըսել կուզեր և կը քաշվեր:

Հայտնի է, թե այն մարդն, որ բան մը ըսել կուզե և կը քաշվի, անպատճառ ստակ պիտի ուզե:

---

[39] Կալվածներ

— Վաղը մեքենան հոս բե՛ր,— ըսավ Աբիսողոմ աղան:

— Շատ լավ,— պատասխանեց պատկերիանը միշտ կոտրտվելով և ձեռները շփելով:

— Վաղը մեքենան հոս բե՛ր՝ ըսինք ա՛,— կրկնեց Աբիսողոմ աղան տեսնելով, որ պատկերիանը չերթար:

— Այո, հասկցա, մեքենան վաղը հոս պիտի բերենք,— պատասխանեց նորեն Դերենիկը,— բայց սովորություն մը ունինք մենք, որ... ներեցե՛ք սակայն:

— Ըսե՛ք:

— Բայց կաղաչեմ, ծանր չգա ձեզի:

— Ծանր չգար ինծի:

— Սովորություն մը ունինք, որ եթե մեքենան մեկու մը տունը տանել հարկ ըլլա, կանխիկ գումար մը կառնենք... ոչ թե վստահություն չունենալուս համար, այլ սովորություն մը հարգելու համար:

— Ատ ի՞նչ գեշ սովորություն է...

— Վերջապես սովորություն մ՚է:

— Շատ լավ... երկու ոսկի կը բավե՞:

— Այո՛, կը բավե:

— Աբիսողոմ աղան երկու ոսկի տվավ պատկերիանին, որ դուռը բանալն և աներևութանալն մեկ ըրավ:

Է

Կան մարդեր, որ ցցունել կուզեն, ինչ որ չունին. կան ալ, որ ցցունել չեն ուզեր, ինչ որ ունին. կան նաև որ ցցունել կուզեն, ինչ որ ունին: Աբիսողոմ աղան վերջիններեն էր. կը փափագեր, որ բոլոր աշխարհ իմանա ազարակներ ունենալը, և յուր փափագն իրացնելու համար ստակ ալ չէր խնայեր: Այսպես, երբ ըսին իրեն, թե մեծ մարդերն իրենց պատկերներն ունին, հավանեցավ, որ ինքն ալ իրենն ունենա, բայց կասկածելով, թե խաբված ըլլա և պարապ տեղը ստակե ելլա, Դերենիկին մեկնելեն անմիջապես ետքը հարցուց Մանուկ աղային.

— Եթե պատկերս քաշել չտամ, զիս մարդու տեղ չե՞ն դներ:

— Քավ լիցի, բայց քանի որ ձեր աստիճանի մարդերը իրենց պատկերները հանել տված են, ձեզի ալ կը վայելե, որ անոնց պես ընեք: Երբ մեկն ձեր պատկերն ունենալ կը փափագի, և դուք պատասխանեք, թե պատկերս քաշել տված չեմ...

— Ի՞նչ կըլլա:

— Բան մը չըլլար... բայց...

— Բայց ի՞նչ... ազարակներս կառնե՞ն ձեռքես...

— Ամեննին:

— Ոչխարներս, կովերս կը հափշտակե՞ն:

— Բնավ... բայց... խավարյալ մարդու տեղ կը դնեն ձեզի, չեն ըներ այն պատիվն, որ կուտան մեծ մարդու:

— Հասկցա, ի՞նչպես հանել տալու եմ ուրեմն պատկերս, որ տարակույս չմնա, թե պզտիկ մարդ չեմ, վասնզի ըսիք, թե պզտիկներն ալ իրենց պատկերներն կը հանեն:

— Ձեր պզտիկ մարդ չըլլալը հասկցնելու համար մեծ պատկեր հանելու եք թիկնաթոռի մը վրա նստած:

— Նոր հագուստներս հագնելու եմ, այնպես չէ՞:

— Այո՛:

— Ժամացույցս ալ կախելու եմ հարկավ:

— Տարակույս չկա:

— Սանկ ծխափող քաշելով և երկու մարդ ալ դեմս բարև բռնելով և մեկն ալ ետևես ձիս բռնելով:

— Այո՛, այո՛:

— Դեռ ուրիշ ի՞նչ պետք է փառավոր երևնալու համար:

— Այսչափ բավական է:

— Կուզեի, որ սպասավորներս երկուքն ալ

չախելով[40] դիմացես վռնտեի, և անոնք ալ գլուխնին ծռած դուրս ելնեին. վերջապես սանկ բաներ չը՞ կրնար ըլլալ... կամ թե մեկը ծեծեի . . . օրինակի համար, մեր ազարակներուն վերակացուին երեսն ի վեր պոռայի . . . «մա՛րդ, քեզի քա՞նի անգամներ հրամայեցի, որ մշակներու հետ քաղցրությամբ վարվիս, կովերու հետ սիրով երթաս, վար ու ցանը ժամանակին ընես, քանի որ ասոնք չըրիր, ես ալ քեզի կը վռնտեմ»: Վերակացուն ալ թաշկինակովն աչերը սրբելով՝ ոտներուս իյնա, աղաչե և պաղատե ըսելով. «զավակներուս սիրույն համար ներե՛ հանցանացս. այսչափ տարիներե հետե ձեր հացը կուտեմ, դուք իմ բարերարս եք, ես ձեզ գրկերուս մեջ այնչափ գրկած ու պտտցուցած եմ, երբ դեռ պզտիկ էիք»... վերջապես ըսվոր նման բաներ չե՞նք կրնար դնել պատկերին մեջ:

— Ատոնց վրա վաղը կը խորհինք. մենք հիմա սկսինք մեր երեկվան պատմության, որ կիսատ մնաց: Մելքոն աղան զիս տեսնելուն պես...

— Կամ թե սանկ կռնակի վրա պառկիմ, և սպասավորներս ալ բանթալոնս[41] քաշեն...

— Զիս տեսնելուն պես մոտեցավ ինծի և...

— Նարկիլեյով ավելի փառավոր չըլլա՞ր...

— Մոտեցավ ինծի և ձեռքերս բռնելով ըսավ. «Թե այսօր չաշխատինք, մեր չուզած մարդերը թաղական պիտի ընտրվին»:

— Սանկ տասը կանգուն[42] երկարությամբ մարբուճ[43] մը. . .

— Անոնք վաղվան գործ են, Աբիսողոմ աղա, թող տվեք, որ սա պատմությունս լմնցնեմ: Մելքոն աղան թևես բռնելուն պես քաշեց զիս ազգային ընթերցատունն, ուր երիտասարդները նստած թուղթ կը խաղային:

---

[40] Հանդիմանել:
[41] Շալվար:
[42] Երկարության չափ:
[43] Նարգիլեի բարակ, երկար խողովակ, որի ծայրից ծխում են:

— Ես ալ կըսեմ, որ մարբուճը եթե կարճ ըլլա, ավելի աղվոր կերևնա պատկերին մեջ:

Կյանքիս մեջ հարյուր անգամեն ավելի հանդիպած եմ այս տեսարանին, ուր երկու դերասաններ խոսքն իրարու բեռնեն հափշտակելով, յուրաքանչյուրը կը փափագի առաջ յուր խոսքը մտիկ ընել տալ: Այո՛, հարյուր անգամ ներկա գտնված եմ․ երկու անգամ ընկերություններու մեջ և իննսունը ութը անգամ Ազգային երեսփոխանական ժողովո[44] մեջ: Հարյուր մեկերորդ անգամն էր այս, և սատանան կը դրդեր զիս ըսելու այս երկուքեն մեկուն․ «Թո՛ղ տուր դիմացինիդ լմնցնել յուր խոսքն և վերջը խոսե»: Բայց որովհետև ուրիշ անգամներ այսպես խոսած ըլլալուս համար մեկուն կամ մեկալին սիրտը կոտրած եմ, որոշեցի չեզոքություն պահել, թող տալ իրենց՝ փոխասացություն ընել և սպասել տեսնելու համար, թե ինչպես պիտի վերջանա այս տեսարանն, որ Ազգային երեսփոխանական ժողովո մեջ գրեթե միշտ կռիվով կը վախճանի:

— Իրավունք ունիք,— պատասխանեց Մանուկ աղան, կարճ մարբուճը շատ աղեկ կերևա պատկերին մեջ, բայց և այնպես մաքուր և շիտակ ըլլալու է թաղական ընտրվող մարդ մը:

— Դուք աղեկ կը ճանչնա՞ք:

— Իմ ճանչնալս մինակ օգուտ չըներ, քվեարկությամբ կընտրվի:

— Քվեարկությա՞մբ:

— Այո՛, ըստ Սահմանադրության,[45] քվեարկությունը կընտրե:

---

[44] Ազգային երեսփոխանական ժողով— ըստ տաճկահայոց Ազգային սահմանադրության երեսփոխանական էր կոչվում այն կենտրոնական պատգամավորական ժողովը, որ գումարվում էր Պոլսում և որին պատկանում էր ազգային գործերի տնօրինության բարձրագույն իրավունքը:

[45] Ազգային սահմանադրություն— այսպես կոչվում է հայ ազգային կուլտուրական ինքավարության այն կանոնադրությունը, որ հորինված

— Ի՞նչ կըսեք, թաղեցին քվե՞ պիտի տա հիմա աղեկ մարբուծ մը ընտրելու համար:

— Թաղականի վրա է մեր խոսքը:

— Թաղական ո՞ւսկից հանեցիր. մարբուծի վրա է մեր խոսքը:

— Մի՛ բարկանար, Աբիսողոմ աղա, այնպես ըլլա:

— Ինչո՞ւ բարկանամ պիտի... վաղը կերթանք, հատ մը առնենք:

— Կառնենք:

Այս պահուն սենյակի դուռը բացվեցավ, և կնկան մը գլուխ երևցավ:

Այս կինը Շուշան կը կոչվեր, և յուր արհեստն ալ սիրո միջնորդություն էր. այրերուն կին կը գտներ, կիներուն այր կը մատակարարեր և զանոնք իրարու հետ ամուսնացնելով յուր աշխատության վարձքը կընդուներ: Երբեմն ալ այրը կինեն կը զատեր և դարձյալ յուր աշխատության փոխարենը կառներ: Տարիքն, եթե հարցունես, երեսունվեց է, իսկ եթե հարցունես ինծի, որ միշտ սովորություն ունիմ կնկան մը խոստովանած տարիքին վրա տասն ավելցնել, քառասունվեց է: Ծաղկի հիվանդությունը յուր նշանները ձգած է անոր երեսը: Սև և երկար դեմք մը, որուն կեսը կը կազմեր ծնոտը, և որուն մեջ տեղը երկնցած էր քիթ մը, որ բարձր և ճոխ հանգ[46] մ՛ ուներ, կը կրեր յուր վրա երկու փոքրիկ և սև աչեր, որ ամեն վայրկյանին չորս կողմը կը պտտեին: Հազիվ երկու մատ լայնությամբ ճակատ մ՛ ուներ. ընքվիները հիվանդութենե թափած էին:

Տիկին Շուշան գլուխը դռնեն ներս խոթելեն ետքը դուռը բացավ և ներս մտավ ըսելով.

— Եթե գաղտնի խոսք մը ունիք, դուրս ելնեմ:

էր տաճկահայերի համար և օսմանյան կառավարության կողմից հաստատվել 1863 թվականին:

[46] Ձև

— Ո՛չ,— պատասխանեց Մանուկ աղան,— թաղականի վրա կը խոսեինք:

— Գետնին տակը անցնի այն թաղականի խնդիրն,— ըսավ տիկին Շուշան և ծանրությամբ գլուխն Աբիսողոմ աղային ծռելով՝ գնաց բազմոցի մը վրա նստելու:

— Բարի եկաք, տիկին,— ըսավ Մանուկ աղան:

— Բարի տե՛սանք: Դուք ալ բարի եք եկեր, Աբիսողոմ աղա. քաղաքն ի՞նչպես գտաք, նայինք՝ հավնեցա՞ք:

— Հավնեցա, շատ աղեկ է:

— Այս կողմերը ի՞նչ գործ ունիք,— հարցուց Մանուկ աղա, դարձյալ նշանտո՞ւք[47] մը կա, ի՞նչ կա:

— Հրամմեր եք, սա դիմացի տունը եկա, և անգամ մ՛ ալ ձեզի հանդիպիմ, ըսի: Սա Անթառամին աղջիկը դիմացինիդ տղուն կուզեմ շինել. գործն ալ լմնցածի պես էր, բայց տիկին Մարթան յուր աղջիկը տալ ուզելուն համար Անթառամին աղջկանը վրայոք խել[48] մը խոսքեր ըսած է մանչուն, ան ալ քիչ մը պաղած է: Այսօր եկա, որ զինքը տեսնեմ և համոզեմ, բայց դուրս ելած ըլլալուն՝ վաղը պիտի գամ:

Աղջիկ մ՚ ալ մեր Աբիսողոմ աղային չգտնա՞ս:

Աբիսողոմ աղան ժպտեցավ:

— Տիկինն արդեն իմացուց ինծի վարը, թե Աբիսողոմ աղան կարգված չէ, և ես ալ շիտակը անոր համար վեր ելա,— պատասխանեց տիկին Շուշան ճերմակ թաշկինակովն քիթը սրբելով:

— Անանկ միտք մը ունիմ,— ըսավ Աբիսողոմ աղան տեղեն ելնելով և սիգար մը հրամցնելով տիկին Շուշանին:

— Եթե անանկ միտք մը ունիք, քեզի ալ կրնանք ձեր ուզածին պես աղջիկ մը գտնել. քանի տարիե ի վեր այս գործին մեջն եմ, ամենքն կը ճանչնամ: Հրամանքնիդ ի՞նչպես աղջիկ կուզեք, անգամ մը ան հասկանալու եմ ես:

Մանուկ աղան տեսնելով, որ Աբիսողոմ աղան տիկին

[47] Նշանդրեք:

[48] Բավականին:

Շուշանի հետ խոսքի բռնվեցավ, դուրս ելավ՝ ուրիշ անգամի պահելով թաղականի պատմությունն, զոր չէր կրցած ավարտել:

— Աղվոր աղջիկ մը կուզեմ,— պատասխանեց Աբիսողոմ աղան խնդալով:

— Գիտեմ, որ աղվոր աղջիկ կուզես․ ուզած աղջիկդ հարո՞ւստ ըլլալու է:

— Այո՛:

— Պարկեշտ:

— Հարկա՛վ:

— Տանվեց տասնութ տարեկան:

— Ճիշտ:

— Դաշնակ [49] զարնել գիտնա:

— Գիտնալու է:

— Աղեկ պարե:

— Հրամմեր եք:

— Շատ լավ, ասանկ աղջիկ մը կա ձեռքիս տակը, բայց այս տեսակ աղջիկները գործ չեն տեսներ տունը. առտվնե մինչև իրիկուն ծունկ ծունկի վրա կը դնեն և կերգեն, կը պարեն և կամ բոլոր օրը կը պտտին․ հիմակվընե ըսեմ, վերջեն ինծի պատճառ չբռնես. աղեկներն ալ կան, բայց գտնելը շատ դժվար է: Քու ըսած աղջիկներուդ մեջ անանկներ ալ կան, որ իրենց ուզած մեկը կը սիրեն և շատ անգամ անոր հետ զեղ մը կը փախչեն, և դուն ալ կսպասես, որ կինդ գա:

— Ի՞նչ կըսեք: Եթե այդպես է, չեմ ուզեր:

— Բայց կան ալ, որ վրադ կխենդենան:

— Եթե այսպես է, կուզեմ:

— Բայց կան ալ, որ ամիս մը իրենց սիրածին հետ կապրին և քու անունդ բնավ չեն տար:

— Եթե այնպես է, չեմ ուզեր:

— Բայց կան ալ, որ վայրկյան մը քովեդ չեն բաժնվիր:

---

[49] Դաշնամուր

— Եթե այսպես է, կուզեմ:

— Առոնք ըսելուս համար ինծի բան մի՛ ըսեր. վասնզի կան անաններ ալ, որ թող կուտան իրենց կինը ուրիշի մը հետ սիրահարություն ընել և աղջկան հորմեն քիչ մը դրամ առնելով աչք գոցել:

— Իրա՞վ կըսեք. անանկ էրիկ մարդ կը գտնվի՞ աշխարհիս վրա:

— Մազես շատ:

— Եվ այն տեսակ էրիկ մարդերու և կիներու երեսը ո՞վ կնայի:

— Ամեն մարդ. կինը կարդարացնեն՝ ըսելով, թե սատանայե խաբված է, էրիկն ալ կը սրբացնեն՝ ըսելով, թե խեղճը չգիտեր յուր բռնած ընթացքը:

— Է՛, հիմա կը ճաթիմ... չեմ ուզեր, չեմ ուզեր, թող մնա՛, իմ քաղաքս կը կարգվիմ:

— Բայց և այնպես անաններ ալ կան, որ քեզի համար իրենց հոգին անգամ կուտան:

— Անանկ մեկն եթե գտնեմ, կը կարգվիմ:

— Ես անանկ մեկը պիտի գտնեմ քեզի. իմ հարցունելս սա է, որ ձեր ինչ տեսակ աղջիկ ուզելը հասկնամ:

Ես ալ իրավունք կուտամ տիկին Շուշանին. վասնզի ամեն օր այնպիսի ամուսնություններ կը տեսնենք, որք մարդուս զարմանք կուտան: Ատեն մը հետաքրքրության համար կարգված մարդու մը սիրո կրկնատոմարը[50] գրեցի և տարեգլխուն հաշվեկշիռը[51] հանելով տեսա, որ մարդը սնանկացած էր բարոյականության մեջ: Բարևս կտրեցի իրմե և սակայն մեծ զարմանքով տեսա, որ այդ մարդը մեծ պատիվ կը գտնե ընկերություններու մեջ և իբրև բարոյականի տեր անձ մը ամեն կողմե հարգանք կընդունի: Հետաքրքրությունս ավելցավ. հաշվեկշիռս նորեն աչքե անցուցի և դիտեցի, որ կինն, զոր ես այդ մարդուն ընկեր

---

[50] Հաշվեմատյան:

[51] Բալանս:

նշանակած էի, մայր հաշվույն մեջ դրամագլուխի կողմ անցած է էրկանը տետրակին մեջ: Եթե օր մը սիրո տոմարակալություն [52] մը հրատարակեմ, մեծ հուզմունք պիտի պատճառեմ հաշվագետներու մեջ. վասնզի ես շատ էրիկ մարդիկ գիտեմ, որոնք կինն իրենց սիրո հաշվույն մեջ ընդհանուր ծախքի կողմ կանցունեն, շատերը կարասիքի հաշվույն տակ կը գրեն, ոմանք ընդհանուր ապրանքի կարգը կանցունեն, ոմանք վճարելի թուղթերու և ոմանք ընդունելի թուղթերու հաշվույն մեջ կը նշանակեն: Խիստ քիչ են այն նախանձելի ամուսնություններն, որոնց մեջ կինը էրկանը ընկեր կարձանագրվի սիրո տետրակին մեջ:

— Կարգվիլը շատ անուշ բան է,— հարեց սիրո միջնորդն,— քեզի հարմար աղջիկ մը գտա՞ր, ամեն օր արքայության մեջ ես...

— Ես ալ ասոր համար է, որ կարգվիլ կուզեմ:

— Կինդ բնավորությանդ չհարմարեցավ, ամեն օր դժոխքի մեջ ես, կրակներու մեջ կերիս:

— Ես ալ ասոր համար է, որ կարգվելու կը վախնամ:

— Նայեցե՛ք, ձեզի բան մը ըսեմ, աղա՛, հրամանքնիդ հարկավ մեծ տեղե մը աղջիկ կուզեք առնել, վասնզի դուք ալ մեծ մարդ մ՛եք:

— Այո՛, այո՛, մեծ տեղե կուզեմ:

— Ես ալ քեզի մեծ տեղե մը աղջիկ կը գտնեմ, բայց հրամանքնիդ ֆրանսերեն գիտե՞ք:

— Մեծ տեղե աղջիկ առնելու համար անպատճառ ֆրանսերե՞ն գիտնալու է:

— Այո՛, վասնզի մեծ տեղի աղջիկներն ֆրանսերեն կը խոսին, և երբ կին մը յուր էրկանը չգիտցած լեզվով ուրիշի մը հետ կը խոսի, տակեն նախանձ կելնե:

— Ես ալ կը սորվիմ ֆրանսերեն:

— Բացի ասկից, երջանկությունը շատ քիչ կը գտնվի այն ամուսնության մեջ, ուր կնիկն էրիկեն ավելի բան գիտե:

[52] Հաշվապահություն:

— Այնպես է, ես ալ այն կարծիքին եմ:

— Հրամանքնիդ եվրոպական եղանակներեն բան մը կը հասկնա՞ք:

— Ամենևին բան մը չեմ հասկնար և մանավանդ թե կը ձանձրանամ:

— Ի՞նչ պիտի ընես ուրեմն, եթե կինդ ժամերով դաշնակի առջևն անցնի և այդ նվագարանի վրա եվրոպական խաղեր զարնե:

— Թող չեմ տար, ես ձանձրույթ կիմանամ:

— Ան հաճույք կզգա:

— Կին մը ի՞նչ իրավունք ունի յուր էրկանը գլուխ ցավցունելու:

— Էրիկ մը ի՞նչ իրավունք ունի յուր կինն զվարճութենե զրկելու:

— Եթե գործը մինչև աս տեղվանքը պիտի գա, չեմ կարգվիր[53]:

— Չկարգվիլ չըլլար, միայն եթե պիտի ստիպվիս կնկանդ ճաշակին հարմարելու համար դաշնակ սորվիլ:

— Ես կրնա՞մ սորվիլ:

— Ինչո՞ւ չէ, մանավանդ թե ավելի դյուրին է քեզի դաշնակ զարնել սորվիլ, քան թե կնկանդ դաշնակ զարնելը մո՛ռնալը:

— Եթե այդպես է, ատոր ալ ճամփան գտանք ըսել է:

— Ասոնք ըսելուս պատճառն ան է, որ ես հոգիս սնցունել չեմ ուզեր․ ամեն բան առաջուց կըսեմ, որ վերջեն ինձի պատճառ չբռնեն: Իմ ձեռքիս տակ ամեն դասե աղջիկ կա․ բարձր դասեն, միջին դասեն և ստորին դասեն․ այս երեք դասեն ալ ծախու ապրանք ունիմ․ հրամանքնիդ ձեր քսակին հետ խորհրդակցեցեք և ինձի ըսեք՝ սա դասեն կուզեմ: Հայտնի է, որ բարձր դասը շատ սուղ է, միջինն՝ նվազ սուղ և ստորինն՝ աժան:

— Ես շատ աժան չե՛մ ուզեր:

---

[53] Ամուսնանալ:

— Շատ լավ. աղջիկը ճերմա՞կ գույն ունենա, թե քիչ մը թուխ:
— Ճերմակ կուզեմ:
— Աչքերը սև՞, թե կապույտ:
— Եկու, տես, որ սևն ալ կը սիրեմ, կապույտն ալ...
— Կամ մին պիտի ըլլա, կամ մյուսը. վասնզի չկրնար ըլլալ անանկ աղջիկ մը, որուն մեկ աչքը կապույտ ըլլա, մյուսը՝ սև:
— Կապույտ ըլլա թո՛ղ:
— Շատ լավ: Հասակն և մազերը...
— Երկար, երկար:
— Մեջքը...
— Մեջքը բարակ ըլլա, բայց տկար չեմ սիրեր. կուզեմ, որ քալած ժամանակը միսերը շարժին:
— Կը հասկնամ, այսչափը հերիք է. ճիշտն ուզածիդ պես աղջիկ մը կա, որ շատ ալ պարկեշտ է և իրեն էրկանը համար հոգի տալ կերնա:
— Ես ալ անանկ մեկը կուզեմ:
— Թերևս վաղը քու անունդ իրեն ըսելուս պես վրադ սեր կապե: Պատկերդ տուր, որ իրեն անգամ մը ցցունեմ:
— Պատկերս վաղը հանել պիտի տամ:
— Վաղը՞... վաղը հանել տալու որ ըլլաք, ութը օրեն կառնեք, և ութ օր սպասե՞նք:
— Ինչո՞ւ սպասենք, վաղը կերթանք. մեծ տեղե՞ն է աղջիկը:
— Այո՛:
— Հայրը հարո՞ւստ է:
— Շատ հարուստ է, բայց հարստությունը չցցուներ:
— Շատ խանութնե՞ր ունի:
— Քանի չափ:
— Տո՞ւն:
— Քառասունի մոտ:
— Շատ աղեկ, վաղը չէ մյուս օր կերթանք այդ աղջիկը տեսնելու:

— Գլխուս վրա․ ցերեկին կուզամ, և մեկտեղ կերթանք: Մնաք բարով, Աբիսողոմ աղա, սիրտդ հանգիստ բռնե․ ես քեզ չեմ խաբեր, ուրիշներու կրակե շապիկ հագցնողներե չեմ: Կեցեք բարով, վաղը չէ, մյուս օր:

Տիկին Շուշանը կը մեկնի:

Ը

Մանուկ աղան, որ վարի սենյակն էր և խահվե կը խմեր, տիկին Շուշանին վար իջնալն տեսնելուն պես՝ խահվեի գավաթն թողուց և Աբիսողոմ աղային քովը գնաց:

— Այսպես,— ըսավ,— Մելքոն աղան թնես քաշեց, և մեկտեղ ընթերցատունը մտանք: Այդ ընթերցատունը ժամանակավ գինետուն էր: Աստված ողորմի հոգուն, Կոմիկ աղան կը բռներ, աղեկ մարդ մ' էր, հիվանդություն մը եկավ վրան, շատ բժիշկներ նայեցան, ճար մը չկրցին գտնել, և խեղճը մեռավ...

Մանուկ աղային կինը լրագիր մը ի ձեռին ներս մտավ և լրագիրը Աբիսողոմ աղային տալով՝

— Մեծապատիվ էֆենտին հատկապես բարև ըրած է ձեզի,— ըսավ և դուրս ելավ:

Աբիսողոմ աղան անճապարանոք բացավ լրագիրն և կարդաց․

«Վանեն հետևյալը կը գրեն մեզ»: Աս չէ, վարինը կարդանք, ըսավ և կարդաց․— «Մեր բարեկամներեն մին Մուշեն հետևյալը ղրկած է մեզ ի հրատարակություն»: Աս ալ չէ, մյուսը նայինք․ «*Քուրիե տ' Օրիանի*»[54] մեջ հետևյալ տողերը կը տեսնվին»: Մյուս երեսն անցնինք .

[54] Կուրիեր դ' Օրիանը («Արևելքի Սուրհանդակ») Պոլսում հրատարակվող ֆրանսիական թերթ էր:

«*Թայմզի*» [55] թղթակիցը հետևյալը հեռագրած է հիշյալ լրագրին»: Ասոնց մեջ իմ անունս չկա… սա կտորը նայինք. . . «Մայրաքաղաքիս ազնվական դասուն անդամ մ'ալ ավելցավ այս օրերս: Երևելի վաճառական և բազում ազարակներու տեր, ազգասեր, լեզվագետ, ազնվասիրտ և վեհանձն Աբիսողոմ էֆենտի, որ մեր ազգայնոց ծանոթ է, երեկ Տրապիզոնի շոգենավով մայրաքաղաքս եկավ և ուղղակի Բերա [56] ելավ Ծաղկի փողոց, թիվ 2 տունը: Աբիսողոմ էֆենտիի պես մեկու մը մայրաքաղաքս գալն անշուշտ մեծ ուրախություն պիտի պատճառե մեր բարեմիտ ազգայնոց»:

Աբիսողոմ աղան Մանուկ աղային դառնալով՝ տես,— ըսավ,— ի՛նչ գրած է ինծի համար, և բարձր ձայնով անգամ մ' ալ կարդաց:

— Մեծապատիվ էֆենտին բարև կընե եղեր,— ըսավ տիկինը նորեն ներս մտնելով, բաժանորդագին պիտի տաք եղեր:

— Հիմա՛,— ըսավ Աբիսողոմ աղան և տվավ բաժանորդագինը տիկնոջ, որ վազելով վար իջավ:

— Սա մարդը գեշ չը՞ գրեր կոր, հե՛,— հարցուց Աբիսողոմ աղան:

— Այո՛, գեշ չգրեր:

— Պատվական լրագիր մ' է:

— Ավելի պատվականը կրնա ըլլալ:

Տիկինը դուռը բանալով Աբիսողոմ աղային նամակ մը, խոշոր ծրար մը հանձնեց ըսելով.

— Մեծապատիվ էֆենտին մասնավորապես կը բարևե զձեզ:

Աբիսողոմ աղան նամակը բացավ և հետևյալը կարդաց.

«Մեծապատիվ էֆենտի,

Ձեր մեծապատվության մայրաքաղաքս գալն իմանալով

---

[55] «Թայմզ» անգլիական թերթ:

[56] Պերա կոչվում է Պոլսի եվրոպական թաղամասը

փութացի ձեր գալուստը շնորհավորելով՝ լրագրես տասն օրինակ ղրկել: Քաջահույս եմ, որ պիտի հաճիք ձեր բաժանորդությամբը քաջալերել լրագիրս, որով պիտի խրախուսեք զիս, որ խմբագրական տաժանելի ասպարեզին մեջ ազգին ծառայություններ ընելու կոչված եմ:

Մնամ հարգանոք
խմբագիր-տնօրեն
...... լրագրո»
(ստորագրություն)

— Տասը հատն ի՞նչ ընեմ...

— Կշտանալով կը կարդանք...

Տիկինը նորեն ներկայացավ ծրարով մը և նամակ մ՚ ալ տվավ Աբիսողոմ աղային, որ բանալով սկսավ կարդալ.

«Մեծապատիվ էֆենտի,

Ձեր հանրածանոթ ազգասիրությունը քաջալերություն տվավ ինձ լրագրես տասնհինգ օրինակ ղրկել ձեզ: Քաղցր է ինձ հուսալ, որ պիտի բարեհաճիք զանոնք ընդունիլ ի պաշտպան կանգնիլ լրագրության, որ մեր մեջ ընթերցասիրության չտարածվելուն պատճառովը դժբախտաբար գեշ վիճակի մը մեջ կը գտնվի:

Մնամք հարգանոք
խմբագիր-տնօրեն
...... լրագրո»
(ստորագրություն)

Աբիսողոմ աղան նամակը ծալլելու վրա էր, տիկինը ներս մտավ.

— Մեծապատիվ էֆենտին սիրով բարևներ կընե եղեր ձեզի,— ըսավ և նամակով մը գիրքեր ներկայացուց Աբիսողոմ աղային, որ նամակը բացավ և սկսավ կարդալ.

«Մեծապատիվ էֆենտի,

Իմ մտքիս ծնունդն եղող քերթվածները հրատարակած ըլլալով՝ արժան դատեցի անոնցմե քառասուն օրինակ ձեզ ղրկել: Կը հուսամ, որ շնորհի կընեք զանոնք ընդունելու և կերպով մը քաջալերություն տալու ինձ, որպեսզի մյուս քերթվածներս ալ քիչ օրեն հրատարակության տամ:

Խնդրելով, որ ընդունիք իմ խորին մեծարանացս հավաստիքը, մնամ ձերդ մեծապատվության խոնարհ ծառա»:

(ստորագրություն)

Աբիսողոմ աղան նամակը գոցեց և քովը դրավ:

Տիկինը դարձյալ ներս մտավ:

— Մեծապատիվ էֆենտին բարև՞ ըրած է դարձյալ,— հարցուց Աբիսողոմ աղան:

— Ո՛չ, բեռնակիրներեն մեկը եկած է և կրողչեքը կուզե:

Աբիսողոմ աղան քսան դահեկան հանեց, տվավ:

Տիկինը դուրս ելավ, դուռը գոցեց:

— Ընթերցատան մեկ անկյունը քանի մը հոգի նստած ընտրելի թաղականներու ցուցակը կը պատրաստեին,— ըսավ Մանուկ աղան՝ յուր պատմության թելն ձեռք առնելով:— Անոնք մեր կողմեն չէին և կաշխատեին, որ իրենց ուզած կաշառակեր մարդերը թաղական ընտրեն:

— Տղուն— մեկը եկավ սա գիրքերը ձգեց, գնաց,— ըսավ տիկինը նորեն մտնելով․— մեծապատի՛վ էֆենտին շատ բարև կընե եղեր և այսօր կամ վաղը պիտի գա եղեր զձեզ տեսնելու:

Տիկինը գրքերը սեղանի մը վրա դրավ:

— Ի՞նչ ընեմ այսչափ գիրքերը, գրավաճա՞ռ պիտի ըլլամ ես: Չեմ ուզեր, ալ ասկից վերջը եթե բերող ըլլա, մի ընդունիր, Աբիսողոմ աղան հոս չէ՝ ըսե և ճամփե:

— Ատ ալ չըլլար, դուն խմբագիրները չես ճանչնար․ անոնց մեջ կը գտնվին այնպիսիներ, որ երբ իմանան, թե իրենց ընկերներեն մեկուն լրագիրն առած ես և իրենցը չես առեր, վրադ կը հարձակին և չլված խոսքեր կընեն:

— Եթե այնպես է ընդունե, որչափ լրագիր որ բերեն, ի՞նչ ընենք, բռնվեցանք անգամ մը․ եթե գիրք բերեն, մի ընդունիր:

Տիկինը գլուխը ծռելով դուրս ելավ:

— Թեպետ այդ մարդիկն իրենց ուզածները թաղական

ընտրելու, կաշխատեին, բայց իրենց մեջ ալ անմիաբանություն կար․ ակնավաճառն յուր առաջին հաճախորդը կուզեր թաղական ընտրել, Հացագործն կուզեր թաղական ընտրել այն մարդն, որուն տունը օրը տասը հաց կուտար․ դերձակն թաղական տեսնել կը փափագեր այն երիտասարդն, որուն վրա շաբաթը երկու անգամ հագուստ կը ձևեր, կը կարեր․ համետագործը[57] քվե տալ կուզեր այն հարուստին, որուն մեկ երկու համետ կը շիներ տարին․ խմբագիրն յուր բոլոր բաժանորդները թաղական խորհրդո մեջ տեսնել կուզեր․ փաստաբանը իրեն շատ դատ հանձնողին քվե կուտար․ բժիշկն՝ յուր ամենեն ծանր հիվանդին, և գինեպանն ալ ամենեն շատ օղի և գինի խմողին կուզեր հանձնել թաղին գործերը։ Ահա այսպես իրենց մեջ․․․

Մանուկ աղան դարձյալ չկրցավ շարունակել յուր պատմությունը, վասնզի ուրիշ հյուր մը ներս մտնելով ընդհատեց անոր խոսքը։

Այս հյուրը մաքուր հագված երիտասարդ մ՛էր․ յուր կլոր և ճերմակ դեմքը շրջանակված էր դեղինով խառն սև մորուքե մը, որ շատ չէր վայլեր։ Պատկերներ կան, որ առանց շրջանակի ավելի գեղեցիկ կերևան․ թեպետ և կան ալ, որ գեղեցիկ երևալու համար շրջանակի կը կարոտին։— Եթե բնությունը չարգիլեր կիներու շրջանակի մեջ անցունել իրենց դեմքերն, այսօր ո՛րչափ կիներ մորուք պիտի ունենային։ Այս երիտասարդը ներս մտնելուն պես հանեց յուր սև և երկար գլխարկն և բարևեց սենյակին մեջ գտնվող երկու բարեկամները։

Մանուկ աղան անմիջապես դուրս ելավ բարկությամբ մռմռալով․

— Այս տարիքն եկած եմ, և ասանկ բան գլուխս եկած չէր․ թո՛ղ չեն տար, որ երկու խոսք ընեմ․ հազիվ թե բերանս կը բանամ, մեկը կուգա, կկսի խոսել, և իմ խոսքս բերնիս մեջ կը մնա։

---

[57] Թամբ, ավանակի համար նստատեղ շինող։

— Աբիսողոմ աղա հրամանքնի՞դ եք,— հարցուց հյուրն բազմոցի վրա նստելեն ետքը:
— Այո՛, ես եմ:
— Շնորհակալ եմ, որ Աբիսողոմ աղան դուք եք. ձեր գալուստը լրագրի մեջ կարդացի և շատ ուրախացա, որ ազգերնուս մեջ ձեզի պես ազնիվ սիրտ կրող ազգասերներ պակաս չեն, վասնզի այն ազգն, որ ազգասեր չունի յուր մեջ, ազգ չէ:
— Այո՛:
— Փոխադարձաբար այն ազգասերն ալ, որ ազգ չունի, ազգասեր չէ:
— Շիտակ է:
— Այս երկուքն իրարու հետ այնպիսի սերտ կապակցություն մ' ունին, որ իրարմե բաժնելուդ պես՝ երկուքն ալ կը կորսվին:
— Այնպես է:
— Ազգ մը, որ յուր աշխատավորները չքաջալերեր,— ավելցուց հյուրն միշտ ծանր և լրջագույն եղանակով մը,— ազգերու կարգ անցնելու բնավ իրավունք չունի:
— Շատ աղեկ կը խոսիք:
— Եվ երբ աշխատավոր մը վարձքը չընդունիր յուր ազգեն, բնականաբար կը վհատի և երբեմն կը խորհի երթալ ինքզինքը ծովը նետել:
— Ատ տղայություն է:
— Ներեցե՛ք, Աբիսողոմ աղա, եթե մեր այս առաջին տեսությանը քիչ մը համարձակ կը խոսիմ ձեզի հետ:
— Հոգ չէ:
— Ծառաղ վեց տարի Եվրոպա մնացած եմ և բժշկություն սորված եմ:
— Աղեկ արվեստ:
— Գիշերները քունս ծախելով կարդացած ու գրած եմ, որպեսզի քաղաքս դառնամ և ազգիս ծառայություն ընեմ:
— Մարդ ալ յուր ազգին ծառայություն ընելու է:
— Երկու տարի է, որ հոս կը գտնվիմ, և մինչև այսօր

հազիվ չորս հիվանդ նայած եմ. հասկցիր, թե ի՞նչպես կը քաջալերվին հոս բժիշկները:

— Ցավալի բա՛ն... այս տեղացիները հիվանդ ըլլալու սովորություն չունի՞ն...

— Ունին, բայց հոս հիվանդները ազգային զգացում չունին, Հայաստանի վրա գաղափար չունին:

— Ի՞նչ կըսեք:

— Այո՛, երբ հայ մը հիվանդ ըլլա, օտար ազգե բժիշկ մը կը բերե յուր տունը՝ առանց գիտնալու, թե հայու ցավն հայը կարող է միայն բժկել, առանց համոզվելու, թե օտարը չէ կարող հայու ցավուն դարման ըլլալ: Այսօրվան օրս երկու հազարեն ավելի հայ բժիշկ կա. ասոնց մեջեն հինգ վեց հատը, մանավանդ երկու երեք հատը պատվական կյանք կանցունե, և անդին մնացածը ամեն օր բերանը բաց կսպասե, որ հիվանդ մը ներկայանա իրեն և ստակ առնե:

— Գեշ վիճակ:

— Ի՞նչ ընեն ազգային բժիշկներն, երբ ազգային հիվանդներն օտարներու կը դիմեն... ո՛հ, օտարասիրություն, օտարասիրություն,— գոչեց բժիշկն աչերն երկինք վերցնելով,— ե՞րբ պիտի երթաս մեր քովեն:

— Օտարասիրությունը աղեկ բան չէ:

— Մանավանդ թե բժիշկները քաջալերելու չափ հիվանդություն ալ չկա մեր ազգին մեջ. և այն ազգին մեջ, որ հիվանդությունը տարածված չէ, պարապ բան է Եվրոպայի բժիշկներուն չափ ճարտար բժիշկներ հուսալ, ինչպես նաև այն ազգն, որու մեջ ընթերցասիրությունն տարածված չէ, իրավունք չունի տաղանդավոր և հանճարեղ հեղինակներ ունենալու. տաղանդն և հանճարն առանց քաջալերության կը մեռնի:

— Շատ իրավունք ունիք:

— Չեք կարող երևակայել, Աբիսողոմ աղա, թե որչափ հուսահատած եմ. հազար անգամ զղջացած եմ, երկու հազար անգամ անեծք կարդացած եմ բժիշկ ըլլալուս համար. ո՛ւր էր, թե բժիշկ ըլլալու տեղ հիվանդ ըլլայի և...

մեռանի․ մեր ազգին մեջ հիվանդությունը բժշկութենեն աղեկ է, վասնզի տգիտությունն գիտութենեն ավելի կքաջալերվի… թեթևությունը ծանրութենեն ավելի հարգ կը գտնե, մոլիներն առաքինիներեն ավելի պատիվ կը վայելեն․ Ճշմարիտ աստված, ուխտ ըրած եմ, որ եթե օր մը երևելի ազգայիններեն հիվանդ մը նայիմ, անոր անունը լրագիրներու մեջ բարձրացունեմ:

Այս խոսքին վրա Աբիսողոմ աղա արթնցավ, այսինքն փառասիրությունն արթնցավ: Ի՜նչ անուշ բան է թերություններ հավաքել միամիտ մարդերու վրայեն: Խորամանկներն երբեմն վարպետությամբ այնքան կը կեղծեն իրենց թերություններն, որ անոնց հավաքիչները կը շվարեցնեն․ վասնզի անոնք երբեմն միամիտ և երբեմն խորամանկ կը ձևանան, ժամ մը՝ տգետ, ժամ մը՝ գիտուն, մերթ՝ անաչառ, մերթ՝ աչառու, մերթ՝ կեղծավոր, մերթ՝ անկեղծ, և երբ ազգային նշանավոր, հանճարեղ և հերանուշ Ծերենցը[58] ատոնցմե մին նկարագրելով անբնական անձ մը ներկայացնե, ամեն կողմեն կը բարբվի, թե Ծերենցն տակավին Մանուկենց[59] է անձեր ստեղծելու արհեստին մեջ, թե միևնույն անձին վրա Ադամն և Նեռն[60], սատանան և հրեշտակն, Զոյիլն[61] և Հոմերոսն[62], արականն և իգականն

---

[58] Ծերենց (1822-1888) բժ. Հովսեփ Շիշմանյանի գրական կեղծանունն է: Հայտնի են նրա երեք պատմական վեպերը՝ «Երկունք», «Թորոս Լևոնի», «Թեոդորոս Ռշտունի»:

[59] Մանուկենց— Այստեղ հեղինակը բառախաղ է անում Ծերենց կեղծ անունը նկատի ունենալով:

[60] Նեռ— հակաքրիստոս (ըստ քրիստոնեական վարդապետության պետք է հանդես գա աշխարհի վախճանի ժամանակ և կռվի Քրիստոսի դեմ):

[61] Զոյիլ— հունական անվանի հռետոր, փիլիսոփա և քննադատ էր (IV — III դար Ք. ա.). նրա անունը դարձել է հասարակ անուն մանրախնդիր, նախանձոտ և խայթող քննադատի համար, որովհետև Զոյիլը թունոտ, ոչնչացնող քննադատության է ենթարկել Հոմերոսին («Հոմերոսի խարազան»):

[62] Հոմերոս— հունական ավանդությունների համաձայն՝ ապրել է մոտավորապես 10-րդ — 9-րդ Ք. ա.) հույն ժողովրդական երգիչ էր, որին

միանգամայն կներկայացնէ: Ի՞նչ հանցանք ունի ճերմակերես Ծերենցն, երբ յուր ներկայացնելիք անձերն խորամանկ են․ — Ներեցէ՛ք, Աբիսողոմ աղա և տեր բժիշկ, եթէ ձեր խոսակցությունն ընդմիջեցի․ ի բնէ քիչ մը անհամբեր եմ․ երբ խոսքին կարգը գա, չեմ կարող ինքզինքս բռնել, որչափ ալ այս բնավորությանս պատիժը կրած ըլլամ և կրեմ:— Այո՛, Ծերենցն կը ներկայացնէ անձերն ոչ թէ ինչպես որ են, այլ ինչպես որ կերևին: Ծերենցն այս մասին որչափ ալ երկնցնէ յուր մազերն, իրավունք ունի, վասնզի ունինք հեղինակներ, որոնք Ծերենցեն ավելի երկար մազ ունին և կը ներկայացնեն իրենց անձերն ոչ թէ ինչպես որ են, այլ ինչպես որ կուզեն իրենք, որ ըլլան անոնք: Ասոր համար է, որ կինհեղինակներն, երբ Հայկ կամ Վարդան[63] կամ Արտաշես[64] ներկայացնել ուզեն, Վիքթոր Հյուկոյի[65] խոսքերը կամ Մոլթքեի[66] կարծիքները կը դնեն անոնց բերնին մեջ: Ասոնք կը կարծեն, թէ երբ Ադամ յուր ժամանակին հատուկ պարզությանը մեջ ներկայացնեն, կը կորսնեն իրենց տաղանդն, եթէ ունին, կամ կը վնասեն իրենց հանճարին, զոր ունենալ կը կարծեն, կամ վերջապես կը զրկվին այն համբավեն, զոր վաստկիլ կերազեն: Ո՞վ ըսած է այս ողբերգակներուն, թէ ավելի դժվար է մեկուն պատկերն

վերագրում են «Իլիական» և «Ոդիսական» աշխարհահռչակ պոեմները. թարգմանված են բոլոր կուլտուրական ժողովուրդների լեզուներով, ինչպես և հայերեն:

[63] Վարդանը Մամիկոնյան նախարարական տոհմի հայտնի ներկայացուցիչն էր, պետական գործիչ և զորավար, հռչակվեց Ավարայրի դաշտում տեղի ունեցած ճակատամարտով, որտեղ պարտություն կրեց պարսից զորքերի կողմից (451 թ.) և սպանվեց:

[64] Արտաշես մի քանի հայ թագավորների անունն է:

[65] Վիկտոր Հյուգո (1802—1885)— ֆրանսիական բանաստեղծ, վիպասան և դրամատուրգ. ռոմանտիկական դպրոցի պարագլուխն էր Ֆրանսիայում: Նրա նշանավոր երկերից մի քանիսը թարգմանված են հայերեն:

[66] Մոլտկե կոմս (1802—1885) պրուսական գեներալ-ֆելդմարշալ էր, գլխավոր շտաբի պետ. հռչակվել է որպես ռազմագետ (մանավանդ 1870—71 թ.) ֆրանս-պրուսական պատերազմի ժամանակ:

ճշտությամբ նկարելն, քան թե երևկայությամբ անբնական պատկեր մը գծելն․ ո՞վ պոռացած է ասոնց ականջն ի վար, թե նկարիչ մը պատկերներ ստեղծելու սկսելէ առաջ՝ պատկերներ ընդօրինակելու է։— Ոչ ոք։ Եվ ով կը հանդգնի այս փափուկ ժամանակին մեջ ուրիշի մը գործն անաչառաբար քննադատելու։ Մեր քննադատները, քիչ բացառությամբ, ակնոց ակնոցի վրա կդնեն գործի մը մեջ գեղեցիկ կտորներ փնտրելու համար․ փնտրելու համար և ոչ թե տեսնելու համար, վասնզի տեսնված բանը չփնտրվիր։ Ասոնք բնավ տարբերություն չունին գրաքննիչներեն, որք որևէ հրատարակության մը մեջ միայն տգեղ կտորներ կը փնտրեն։ Չեմ տեսած քննադատ մը, որ տգեղ հրատարակության մը կոկորդեն բռնե, սղմե և սպանե զայն։ Սպանելու չէ, գործ մը գեղեցկացնելու աշխատելու է, կըսե, անոր գեղեցիկ կողմերը ցույց տալով և միշտ տգեղ կետերը հեռուանց ցցունելով խիստ քիչ անգամ։ Ո՛չ, պարոն քննադատներ, ո՛չ, իրավունք չունիք, սպանեցեք տգեղ գործերն և վստահ եղեք, որ պիտի գեղեցկանան անոնք։ Մարդեր կան, որ կը գեղեցկանան, երբ մեռնին։ Ես, որ այսչափ խստությամբ կը խոսիմ ուրիշներու երկերուն վրայոք, կը կարծեք, թե քաղցրությամբ կը վարվիմ «Մուրացկաններուս» անձերուն հետ, որոնց բերնեն ելած խոսքերն միայն բառ առ բառ կը գրեմ հոս, առանց իմ կողմեն կետ մ՚ ավելցնելու հանդգնությունն ունենալու։ Բնավ երբեք, մանավանդ թե կզգամ, որ իմ անձերս ալ ունին շատ թերություններ, զորս օր մը պիտի հարվածեմ։ Նույնիսկ մեծ թերություն մ՚է, որ պատմիչ մը յուր պատմության թելը կտրե և յուր ընթերցողներն երկու ժամ խնդիրեն դուրս խոսքերով զբաղեցնե։ Բայց ի՞նչ ընեմ, այս թերությունս իմ առավելությունս է, վասնզի այս թերությանս շնորհիվ է, որ կրցած եմ քանի մը ընթերցողներու տեր ըլլալ, թերություն, որ թերություններ ուղղելու պաշտոնն ունի։ Այսչափ բացատրություն ալ թերությանս համար։ Դառնանք ուրեմն մեր պատմության։

Աբիսողոմ աղան, ինչպես ըսինք, ականջները տնկեց, երբ իմացավ, որ բժիշկն եթե հիվանդ մը գտնե, անոր անունն լրագիրներու մեջ պիտի հրատարակե․ ուստի անմիջապես տկարություն ունենալ ուզեց:

— Աղեկ եղավ, որ,— ըսավ բժշկին,— այսօր հոս եկար, վասնզի քանի մ՛օրե ի վեր վրաս գեշություն մը կա:

— Ի՞նչ կզգա՞ք,— հարցուց բժիշկը:

— Գեշություն մը կզգամ:

— Ո՞ր կողմդ:

— Ո՞ր կողմս:

— Այո՛:

— Ամեն կողմս:

— Ախորժակդ ի՞նչպես է:

— Աղեկ է:

— Կերածդ շատ մը կը մարսե՞ս:

— Կը մարսեմ:

— Գիշերները հանգիստ կը քնանաս:

— Շատ հանգիստ, բայց վրաս գեշության մը կզգամ:

— Գլուխդ երբեմն կը ցավի՞:

— Այո՛:

— Վրադ սանկ թուլության պես բան մը...

— Ճիշտ:

— Երբեմն դողալ մը սանկ...

— Այո, այո, դողալ մը սանկ... (մեկուսի) կյանքիս մեջ դողացած չունիմ:

— Դողալեն վերջը տաքություն մը...

— Տաքություն մը:

— Տաքութենեն վերջը քրտինք մը...

— Քրտինք մը:

— Առտուները լեզվիդ վրա լեղիություն մը:

— Այո՛, լեզվիս վրա լեղիություն մը:

— Հասկցա, բան մը չէ, կանցնի, ինքզինքդ մսեցուցած ես:

— Ինծի ալ այնպես կուգա, որ ինքզինքս մսեցուցած եմ:

— Շատ բժիշկներ կան, որ այս հիվանդությունը չեն

հասկնար, սխալ դեղեր կուտան, ուրիշ հիվանդություն կը հրավիրեն:

— Ուրախ եմ, որ դուք աղեկ հասկցաք, դեղ մը տվեք, որ շուտ մը անցնի:

Բժիշկը ծոցեն հանեց թերթակալը կամ տետրոնը[67] — երկուքեն որն որ ուզեք, կրնաք գործածել. ազատ եք նաև ոչ մին գործածելու և ոչ մյուսն,— թուղթ մը քաշեց անոր մեջեն և մատիտով քանի մը բառ գծելեն ետքը թուղթին վրա՝ Աբիսողոմ աղային տվավ զայն՝ ըսելով.

— Ասիկա կարմիր ջուր մ՚ է. ժամը մեկ անգամ կը խմեք անկից խահվեի գավաթով. թեպետ և քիչ մը լեղի է, բայց ազդու է:

— Շատ աղեկ:

— Մոռցա հարցնելու, թե բնությունդ ի՞նչպես է:

— Բնությունս . . . շիտակը, խարդախ մարդերեն չեմ ախորժիք. ամենուն հետ աղեկ կը վարվիմ. . .

— Ամեն առտու, դուրս կելլա՞ք,— հարցուց բժիշկն՝ խոսքին ձևը փոխելու ստիպվելով:

— Հոս գալես ի վեր երկու առտու դուրս չկրցի ելնել:

— Իրա՞վ կըսեք:

— Սուտ խոսելու ի՞նչ պարտք ունիմ:

— Ուրեմն դեղ մ՚ ալ գրեմ:

Բժիշկը դեղագիր մ՚ ալ գրեց և Աբիսողոմ աղային տվավ:

— Նախ այս դեղը պիտի առնես,— ըսավ բժիշկն, որպեսզի վաղը առտու դուրս ելնես և վերջը մյուս ջուրը պիտի խմես:

— Եթե այս դեղեն խմեմ, վաղը առտու անպատճառ դուրս կրնա՞մ ելնել:

— Այո՛, անպատճառ:

— Այս ի՜նչ աղվոր դեղ է . . . Հապա թե որ դարձյալ հյուրեր գան և զիս խոսքի բռնե՞ն:

— Հյուրերդ ի՞նչ վնաս ունին:

---

[67] Բլոկնոտ, ծոցատետր

— Ի՞նչպես վնաս չունին. երկու առտու է, որ դուրս ելնել կուզեմ և թող չեն տար . կուզան, երկու ժամ գլուխ կը ցավցունեն: Բայց վաղը առտու անպատճառ պիտի ելնեմ, վասնզի պատկերս քաշել պիտի տամ:

Բժիշկը դարձյալ հարցման ձևը փոխեց հարցնելով.

— Փորդ ի՞նչպես է:

— Ամենուն փորին պես փոր է:

— Պի՞նդ է:

— Ո՞վ գիտե... իրավ որ օր մը օրանց հետաքրքրություն ունեցած չեմ հասկնալու համար, թե պի՞նդ է, թե ոչ. ո՞վ պիտի նայի անանկ բաներու:

— Աբիսողոմ աղա, ամեն օր մեծ գործ կընե՞ս,— հարցուց վերջապես բժիշկը ճարը հատնելով:

— Այո՛, այո՛, ամեն օր մեծ գործ կը տեսնեմ:

Ո՜վ մեծագործություն...

Ո՜վ մեծախոսություն...

— Շատ լավ,— պատասխանեց բժիշկն,— ես վաղն առտու նորեն կուգամ ձեզ տեսնելու:

— Կըլլա:

— Մնաք բարով. հոգ մի ըներ, ձեր տկարությունը քանի մը դեղով կանցնի:

— Շնորհակալ եմ:

Բժիշկն գլխարկն առնելով մեկնելու վրա էր, երբ Աբիսողոմ աղան ըսավ անոր.

— Գրելիքդ չմոռնաս:

Բժիշկը խորհիլ սկսավ, թե ի՛նչ էր գրելիքը, և շուտ մը հիշելով պատասխանեց.

— Այո՛, այո՛, միտքս է, լրագրի մը մեջ պիտի գրեմ ձեր անունը: Մնաք բարով:

— Երթաք բարով:

Բժիշկը մեկնելուն պես Աբիսողոմ աղան ըսավ ինքնիրեն.

— Վախցա, որ բժիշկը կըսե, թե «դուն հիվանդություն մը չունիս» և շինծու հիվանդ ըլլալս հայտնի կըլլա . բայց պարապ տեղը վախցած եմ, վասնզի անիկա ոչ թե միայն չհասկցավ հիվանդ չըլլալս, այլ ըսավ նաև, թե քանի մը դեղով կանցնի հիվանդությունդ: Էհ, պարոն բժիշկներ, դուք բան մ՚ ալ չեք հասկնար, և մամս իրավունք ուներ բնավ բժիշկ չկանչելու: Ես բան մը չունիմ, տեր բժիշկ,— շարունակեց,— անունս լրագրի մեջ գրել տալու համար հիվանդ եղա...

Այս վերջին խոստովանությունը քիչ մը խենդություն երևցավ Աբիսողոմ աղային, որ խղճմտանքը հանդարտեցնելու համար ըսավ ինքնիրեն:

Լողն ալ պիտի կարծե, թե հիվանդ չեմ և շինծու հիվանդ եղած եմ. քանի՛ մ՚ օրե ի վեր է, որ անհանգստություն մ՚ ունիմ, ոչ կրնամ ուտել և ոչ քնանալ, հազ մ՚ ալ ունիմ, որ գիշերները չքնացներ զիս:

Ո՛վ փառասիրություն, իրավ է, որ դուն երբեմն խելացիները խենդ և խենդերը խելացի կընես...

Թ

Աբիսողոմ աղան բերանը քիչ մը բան դնելու համար վար իջավ, բայց երբ տեսավ, որ քանի մը հոգիներ նոր եկած էին զինքը տեսնելու, անոնց ձեռքեն խալսելու համար տունեն դուրս ելավ. եթե այսպես չըներ և ամեն այցելություններն ընդունելու ըլլար, ժամանակ պիտի չունենար ոչ ուտելու, ոչ քնանալու և ոչ արթննալու:

Աբիսողոմ աղան դեռ Պոլիս չեկած՝ իմացած էր, թե Բերա գաղիական [68] ճաշարան մը կար և երևելի մարդերը հոն կերթային ճաշելու. ուստի տունեն դուրս ելնելուն պես միտքը դրավ հիշյալ ճաշարանն երթալու:

---

[68] Ֆրանսիական

Հազիվ թե քանի մի քայլ առավ, հիսուն տարեկան նիհար և պատռտած հագուստներով մեկը դեմն ելավ:

— Կարծեմ Աբիսողոմ աղա հրամանքնիդ եք:

— Այո՛, ես եմ:

— Քանի մի վարկյան ձեզի հետ տեսնվիլ կը փափագեի:

— Է:

— Նոր եղանակով, նոր դասագիրքեր հանած եմ, անոնցմե հարյուրի չափ ձեզի տալ կուզեի․ ներեցեք համարձակությանս, ի՞նչ ընենք, այս համարձակությունը մեզի տվողն ազգն է, որ չքաջալերեր յուր դասատուներն և թող կուտա, որ անոնք խեղճ վիճակի մեջ ապրին: Ա՜հ, եթե այսօր դասագիրքերը չկարենամ քշել, տպարանապետը բանտը պիտի դնե զիս․ դեռ տպագրության և թուղթի ծախքը վճարած չեմ իրեն, և ամեն օր կսպառնա ինծի:

— Դասագիրքն ի՞նչ պիտի ընեմ ես:

— Ձեր բարեկամներուն կուտաք․ կաղաչեմ, խնդիրքս մի մերժեր․ վեցական դահեկանեն վեց հարյուր դահեկան կընե, և այդ գումարն ալ ձեզի համար մեծ բան մը չէ:

— Գաղիական ճաշարանն ո՞ր կողմեն կերթցվի:

— Ասկից կերթցվի, սիրով կառաջնորդեմ ձեզի հոն:

— Շնորհակալ կըլլամ:

— Կը քալենք և կը խոսինք: Դասատուներն ազգին ծառաները համարված են և ամենուն երեսեն ինկած, մինչդեռ անոնք ազգին տերերն են: Ազգ մը անոնցմով առաջ կերթա․ բայց ի՞նչ օգուտ, մեր մեջ քաջալերություն չկա: Դասատու մը այսօր դպրոցի մը պաշտոնի կը կոչվի և քանի մ՚ օրեն կը ճանփվի, վասնզի հոգաբարձուներեն մեկուն գեռնեն բարև չէ տվեր: Եթե քանի մը ամիս պաշտոն վարե և ամսական ուզե․ կը վռնտվի՝ ամսական ուզած ըլլալուն համար, և միշտ սա խոսքերը կը լսե․ «Ազգին ստակովը[69] կապրիք, ազգին վրա բեռ եղած եք․ գացե՛ք, կորսվեցե՛ք»: Ա՜հ, Աբիսողոմ աղա, չեք գիտեր, թե ինչ կը

---

[69] Դրամ, փող:

քաշեն Պոլսո դասատուները․ խեղճության զենիթը բարձրացած են․ չեմ կարծեր, որ ասոնք իմանալեն ետքը դասագիրքերես հարյուր օրինակ չառնեք:

— Այդ ճաշարանն ասկից շատ հեռո՞ւ է:

— Չէ, մոտեցանք: Միայն դասատուները չեն, որ այս վիճակի մեջ են․ խմբագիրները, հեղինակները, տպարանապետները, գրավաճառներն, վերջապես անոնք, որ գիրքով կզբաղին, թշվառությամբ կը զբաղին: Հառաջիմություն կը պոռանք և ետ ետ կերթանք, լույս կը պոռանք և դեպի խավար կերթանք, աջ կը կոչենք և դեպի ձախ կերթանք, ապագա կըսենք և դեպի անցյալը կը վազենք: Ո՜հ, մեծ մեծ խոսքեր, իսկ մեծ գո՞րծ…

Ո՜հ, մեծագործություն…

Ո՜հ, մեծախոսություն…

— Կերակուրներն ի՞նչպես են այն ճաշարանին:

— Աղեկ են: Հարյուր դասագիրքը տունը դրկե՞մ, թե…

— Պատասխանը քանի՛ օրեն կուտամ…

Երկու բանակիցներն խոսելով հասան ճաշարանին առջև:

— Հրամմեցե՛ք, մտե՛ք, Աբիսողոմ աղա:

Աբիսողոմ աղա կը մտնե ճաշարան և չորս կողմը հայելիներե ուրիշ բան չտեսնելով՝

— Սխալ եկանք,— կըսե,— հոս հայելի կը ծախեն:

— Չէ, չէ:

Երկու, բարեկամներն կը նստին սեղանի մ՛առջև:

Մանչուկը կը բերե կերակուրներու ցուցակը:

Աբիսողոմ աղա թուղթը կառնե, վրան կը նայի, կը դարձունե, ետևի կողքմն ալ կը նայի և սեղանին վրա կը դնե:

— Ի՞նչ պիտի ուտեք,— կը հարցունե դասատուն:

— Միսով կերակուրը կուտեմ ես:

Դասատուն մանչուկը[70] կը կանչե և կերակուր կապսպրե թե՛ Աբիսողոմ աղային համար և թե՛ իրեն համար:

[70] Մատուցող տղա:

— Ահա այսպես, Աբիսողոմ աղա, դասատուներուն այս վիճակը լսելով չե՞ս ցավիր:

— Չցավիլն ալ խո՞սք է:

— Կը վայլե՞ ազգի մը այսպես մուրացկանի պես ապրեցնել յուր վարժապետները:

— Չվայլեր:

— Եթե կուզեք, գիրքերս այս գիշեր տունը ձգեմ:

— Հիմակու հիմա թո՛ղ մնա, ուրիշ օր մը խոսինք ասոր վրա:

Մանչուկը կերակուրները կը բերե․ Աբիսողոմ աղան երեսը խաչակնքելով՝ երկու պատառ կընե և կը կլլե իրեն բերված խորոված միսը․ ետքը բարեկամին դառնալով կըսե․

— Կտոր մը միսով մա՞րդ կը կշտանա․ զրուցե՛ սա անպիտանին, որ քիչ շատկեկ բերե:

Մանչուկը կը կանչվի, և բիլավ [71] կապսպրվի:

Այս միջոցին միջահասակ և գիրուկ երիտասարդ մը կը մտնե ճաշարան՝ ի ձեռին ունենալով ծրար մը և ուղղակի Աբիսողոմ աղային առջև կուգա:

— Կարծեմ,— կըսե,— Աբիսողոմ աղան տեսնելու պատիվը կը վայելեմ:

Աբիսողոմ աղա բան մը չհասկնալով նոր եկողին երեսը կը նայի անբարբառ: Քովի բարեկամն ալ ձայն չհաներ:

— Կարծեմ,— կը կրկնե,— այն մեծ մարդուն առջև գտնվելու բարեբախտությունն ունիմ, որ մայրաքաղաքս եկած է մեկենաս անվանվելու համար:

Աբիսողոմ աղան, որ այս ձևերուն տեղյակ չէր, գդալը կառնե և կսկսի ուտել *բիլավն*, զոր նոր բերած էր մանչուկը: Սեղանակիցն ալ նոր գրագետի մը գալն իր գործույն արգելք համարելով՝ չուզեր անոր պատասխանել:

— Կարծեմ, կ՚երեքկնե [72], այդ ազնիվ անձին քովը գտնվելու բախտը կը վայելեմ, որուն անունը քանի մը օր առաջ լրագրի մը մեջ կարդացի:

---

[71] Փլավ:

[72] Երրորդ անգամ ասել:

Աբիտողոմ աղան, որ բիլավով կզբաղեր, դարձյալ պատասխան չտար, և նոր եկողը կստիպվի պարզել յուր խոսքն ըսելով.

— Աբիտողոմ աղան հրամանքնիդ եք կարծեմ:

— Այո՛, ես եմ:

Նոր եկողն աթոռ մը կառնե և կը նստի:

Մանչուկը կուգա հարցնելու վերջեն եկողին, թե ի՞նչ կուզե ուտել:

— Եղի մեջ հավկիթ,—կը պատասխանե՝ ձեռքի ծրարը քովի աթոռին վրա դնելով:

Աբիտողոմ աղան բիլավն ալ կը հատցունե և կասկարայի[73] ձուկ կապսպրե:

— Էհ, Աբիտողոմ աղա,— կըսե նորեկը,— մեծ պատիվ, մեծ բախտ կը համարեմ ինծի ձեզի պես բարեսիրտ անձի մը սեղանակից գտնվիլս: Ծառաղ՝ ազգային գրագետներուն ամենեն ետինն եմ, զրեթե քիչ մ՚ ալ բանաստեղծ եմ. քանի մը ողբերգություն գրած եմ և կուզեմ . որ անոնց յուրաքանչյուրեն քանական օրինակ ձեզի նվեր ընեմ...

— Օ՜օօ, Աբիտողոմ աղա,— կըսե երրորդ մը խնդում երեսով Աբիտողոմ աղային մոտենալով,— բարի եկած եք:

— Բարի տեսանք:

— Ես ազգային փաստաբաններեն եմ և ձեր գալն լսելով փութացի իմ խոնարհ հարգանքներս ձեզի մատուցանել և միանգամայն հայտնել, թե ձեր դատերն ինծի հանձնեք:

— Ես դատ չունիմ:

— Եթե դատ չունիք, ինչո՞ւ ուրեմն եկաք հոս:

— Ուրիշ գործի մը համար:

— Անկարելի է, որ ձեզի պես մարդ մը դատ չունենա. ոչ միայն անկարելի է, այլ անպատվություն ալ է. ձեզի պես մեկը հարյուրներով դատեր ունենալու է, և ձեր շնորհիվ քանի մը փաստաբաններ ապրելու են: Եթե դուք դատ չունենաք անգին աղքա՞տը պիտի ունենա:

---

[73] Թավա:

— Մեկու մը հետ դատ չունիմ:

— Զարմանալի բան. մեկու մը դեմ դատ բանալու ալ միտք չունի՞ք:

— Բնավ, դատ բանալու պատճառ մը չունիմ:

— Դատ բանալու համար անպատճա՞ռ պատճառ մը ունենալու է. մեկու մը դեմ դատ կը բանաք, կը լմննա կերթա:

— Է, ի՞նչ կը շահիմ:

— Դուն չես շահիր, բայց փաստաբանը կը շահի. քեզի համար աղոթք կընե: Մեծ մարդերն հիմա այնպես կընեն. փաստաբաններն ապրեցնելու համար՝ իրենց դեմն ելնողներուն դեմ պատվո դատ կը բանան:

— Ես անանկ խայտառակություններ չեմ սիրեր:

— Ես կատակ ըրի, Աբիսողոմ աղա. բայց կատակը մեկդի դնենք և լրջորեն խոսինք,— ըսավ փաստաբանը ծանր կերպարանք մ՚առնելով. լսեցի, որ շոգենավուն մեջ մեկու մը հետ քիչ մը առեր, տվեր եք, և այն մեկը ձեր պատվույն դեմ ծանր խոսքեր ըրեր է:

— Ամենևին:

— Թե դուք ալ անոր քանի մը խոսք ըրեր եք...

— Բնավ:

— Թե վերջը ծեծկվուքի[74] ելեր եք...

— Անանկ բան մը բնավ եղած չէ:

— Թե դուք անոր գլխուն զարկեր եք...

— Սուտ է:

— Թե անիկա ալ ձեզի ապտակ մը տվեր է...

— Բոլորովին սուտ:

— Թե երրորդ մը մեջ մտեր է...

— Երկրորդ չկա, որ երրորդ ըլլա:

— Թե քու թևեդ քաշեր է...

— Սխալ:

— Թե անոր ալ ձեռքը բռներ է...

---

[74] Ծեծ:

— Սուտ:

— Թե ասանկով զձեզ բաժներ է:

— Բնավ տեղ չկա:

— Թե դուք այս բաժանումեն զոհ չըլլալով՝ դատ բանալ ուզեր եք:

— Որչա՜փ սուտ:

— Թե վարպետ փաստաբան մը փնտրեր եք...

— Ամենն ալ սուտ:

— Թե զիս կանչել տալ ուզեր եք...

— Ամենևին:

— Որպեսզի ձեր դատը պաշտպանեմ. և ես ալ ասոր համար եկա:

— Ատանկ բան մը չկա:

Այս խոսակցության միջոցին երկու երեք հոգի ևս կուգան՝ ամենն ալ Աբիսողոմ աղային կամ գիրք նվիրելու կամ լրագրի մը բաժանորդ գրելու դիտավորությամբ, և ամենը պատվական ճաշ մ՛ ալ կընեն իրենց առաջարկությունները ներկայացնելով:

Աբիսողոմ աղան հազար անեծք կարդալով ճաշարանն եկած ըլլալուն վրա՝ մանչուկը կը կանչե և հաշիվը կուզե:

Մանչուկն անմիջապես կը բերե հաշիվն, որու գումարն էր քառասուն ֆրանք, զոր տաճկերեն դրամի կը թարգմանեն և կըսեն Աբիսողոմ աղային հայրուր յոթանասուն և վեց դահեկան[75]:

— Հարյուր յոթանասուն և վեց դահեկա՜ն... ես այնչափ բան չկերա:

— Այո՛, դուք չկերաք, բայց ձեզի եկող հյուրերն ալ կերան,— ըսավ փաստաբանն, որու կը վերաբերեր այս դատին պաշտպանությունը:

— Իրավ որ մեծ պզտիկություն եղավ, որ Աբիսողոմ աղան վճարե մեր ճաշը,— ըսավ մին:

— Այո, ես շատ ամոթով մնացի, մեր

---

[75] Թյուրքական դուրուշ. (դրամ՝ 8 կոպեկի արժեքով)

պարտականությունն էր անոր կերակուր հրամցնել,— կրկնեց երկրորդ մը:

— Ներեցեք մեր անքաղաքավարությանն,— ըսավ չորրորդ մը,— ուրիշ անգամ մենք ձեզի կը հրավիրենք ճաշի:

Աբիսողոմ աղան առանց պատասխանելու՝ ստակները համրեց և ճաշարանեն դուրս նետեց ինքզինքը՝ որոշելով, որ մեյ մ՛ալ ճաշարան չմտնե:

Ժ

Հետևինք ուրեմն Աբիսողոմ աղային, որմե վայրկյան մը չբաժնվեցանք մինչև հոս և բաժնվելիք ալ չունինք մինչև պատմությանս վախճանը: Ազնիվ ընթերցողն մինչև հոս տեսնելով գրեթե միօրինակ տեսարաններ, որք բնավ հարաբերություն չունին իրարու հետ, քանի մը անգամ մտքեն անցուց անշուշտ, թե ինչո՞ւ միայն Աբիսողոմ աղային օձիքը բռներ կերթանք և մյուս անձերն, անգամ մը ներկայացնելեն ետքը, բոլորովին կը մոռնանք: Այս պակասությունը, եթե երբեք պակասություն է, մեր վրա գրելու չէ, այլ նյութին բնությանը: Ամեն նյութ բնություն մ՛ունի: Նյութ կա, որուն բնությունն է լալ, նյութ կա, որուն բնությունն է խնդալ, նյութ կա, որուն բնությունն է համոզել, նյութ կա, որուն բնությունն է հուզել, դարձյալ նյութ կա, որուն բնությունն է արձակ, ինչպես նաև կա, որուն բնությունն է ոտանավոր, վերջապես նյութ կա, որուն բնությունն է կրկնություն . . . Յուրաքանչյուր նյութ իրեն հատուկ ընդհանուր բնութենեն զատ ունի նաև մասնավոր բնություններ: Եվ որովհետև մենք հոս ճարտասանության դաս տալու պաշտոն չունինք, համառոտիվ մեր միտքը բացատրենք և անցնինք։ Մոլիերի Միզանթրոբն [76] ալ կատակերգություն է, Լէ Ֆաշեոն [77] ալ, բայց ասոնց յուրաքանչյուրն իրարմէ այնքան տարբեր մասնավոր բնություններ ունին, որ Մոլիեր չէր կարող Լէ Ֆաշեոյի տեսարաններով Միզանթրոբ մը շինել, ոչ ալ Միզանթրոբի տեսարաններով Լէ Ֆաշեոն գրել։ Կարծեմ կրկնություն է ըսել, ես ալ ուրիշ վեպերու տեսարաններով չէի կարող գրել Մեծապատիվ մուրացկաններս, որոնց բնությունն է աներևույթ ըլլալ Աբիսողոմ աղային անգամ մը ներկայանալէն ետքը։ Կը խոստովանիմ, որ եթէ սույն նյութը Օվրատիոս[78] առներ, երգիծանք մը կը շիներ, և եթէ Մոլիեր ձեռք անցուներ, կատակերգություն մը կը հորիներ․ բայց

---

[76] Մոլիեր գրական-թատերական կեղծանունն է Ժան-Բատիստ Պոկլենի (1621, (կամ 1622) — 1673), որ հռչակավոր ֆրանսիական դրամատուրգ-կատակերգու էր և դերասան։ Իր ժամանակ առաջադեմ մարդկանց մեկը լինելով՝ Մոլիերը բազմաթիվ կատակերգությունների մեջ խարազանում էր արիստոկրատիայի և հոգևորականության բարքերը («Ժլատ», «Դոն-Ժուան», «Միզանտրոպ», «Տարտյուֆ» և այլն)։ Մեծ ազդեցություն է ունեցել համաշխարհային կոմեդիայի զարգացման վրա։ Նրա պիեսներից մի քանիսը թարգմանվել են հայերեն։

[77] Լէ Ֆաշեո («Անտանելիները») և Միզանտրոպ («Մարդատյացը») ֆրանսիական հռչակավոր դրամատուրգ Մոլիերի երկու կատակերգության վերնագրերն են։ Առաջին գրվածքը թեթև կատակերգության բալետ է, որի մեջ հեղինակը կարևոր տեղ է հատկացրել պարին, երգին ու երաժշտությանը, մասամբ գրված է Լյուդովիկոս XIV-ի պատվերով, գրական խոշոր արժեք չի ներկայացնում. իսկ երկրորդը Մոլիերի հանճարի լավագույն գործերից մեկն է. այն տիպի կատակերգություններից, որոնց մեջ ավելի դրամատիզմն է ուժեղ, քան թե զավեշտը։ «Միզանտրոպը» լուրջ քննադատությունն է տալիս XVII դարի ֆրանսիական արիստոկրատիայի։

Պարոնյանն ուզում է ասել, որ բովանդակությամբ է որոշվում ձևը, և այդ երկու գրվածքի տարբեր բովանդակությունների համեմատ՝ պետք է տարբեր ձև ունենան նրանք։

[78] Օվրատիոս–Հորացիոս (65 թ. 8 թ. Ք. ա.)— համաշխարհային հռչակ վայելող հռո¬մեական բանաստեղծ. գրել է ներբողներ, նամակներ, երգիծական բանաստեղծություններ, որոնց մեջ վարպետությունը հասցրել է բարձր կատարելության։

մենք, որ ապրելու պետք ունինք, ստիպված ենք ժամանակին հարմարիլ, շատ անգամ բանթալոնեն բաճկոն և երգիծանքեն վեպ շինելով: Այս համառոտ բացատրութենեն ետքը դառնանք Աբիսողոմ աղային:

Աբիսողոմ աղան, ինչպես կը հիշե ընթերցողն, տուն դարձավ՝ շարունակելով յուր բարկությունն, զոր զգացած էր ճաշարանի մեջ ունեցած ինքնահրավեր սեղանակիցներուն վրա: Տուն դառնալուն պես իմաց արվեցավ, որ քանի չափ նամակներ ղրկված էին իրեն: Վեր ելավ, նամակները մեկիկ մեկիկ բացավ, կարդաց, պատռեց և գետինը նետեց: Սենյակին մեջ քանի մը անգամ դառնալեն ետքը հանկարծ կանգ առավ և պոռաց.

— Աստնք զիս քթես բռնելով կողոպտե՞լ կուզեն: Սա քաղաքը գալես ի վեր վայրկյան մը ինքս իմ գլխուս չմնացի. հազիվ մեկը կերթա, մյուսը կուգա, ստակ կուզե. ես աս տեղ ամենուն ստա՞կ տալու համար եկա: Ի՞նչ աներես մարդեր են .. այսչափ աներեսություն ոչ լված բան է, ոչ ալ տեսնված: Եթե վռնտեմ[79] ըսես, ո՞ր մեկը վռնտելու է, ո՞ր մեկուն հանելու է. օրականով չորս հինգ հոգի վարձելու է, որ ուրիշ գործ չունենան, միայն եկողները վռնտեն...: Եթե վռնտելու ելնես, այն ատեն ալ բոլոր քաղաքին մեջ պիտի բամբասեն զիս՝ ըսելով, թե անքաղաքավար մարդ է, թե ստակ չունի: Չեմ ալ ուզեր, որ վրաս գեշ խոսվի... Աս ի՞նչ փորձանք եկավ գլխուս, տեր աստված... Բարով խերով ոտք չկոխեի սա քաղաքը: Գլուխ ելնելու բան չէ, շուտով աղջիկ մը գտնելու է, շոգենավ մտնելու և փախչելու է. ասոնք պիտի սնանկացնեն մարդը... Քաշվելու բան չէ սա... ճաթելու բան է: Աշխատե, արյուն քրտինք թափե, քիչ մը ստակ վաստակե և հոս եկուր վարժապետներուն, բաներուն ցրվե. ո՞ւր լսված բան է սա...

— Կարծեմ այս իրիկուն բարկացած եք,— ըսավ Մանուկ

---

[79] Դուրս անել:

աղան սենյակին դուռն կամացուկ մը բանալով և ներս մտնելով:

— Բարկությունն ալ խո՞սք է. իմ տեղս եթե ուրիշ մը ըլլար, մինչև հիմա բարկութենե ճաթած էր:

— Ի՞նչ եղավ, հոգի՛ս:

— Ի՞նչ կուզես, որ ըլլա. վայրկյան մը հանգիստ չեն թողուր. տուն կը նստիմ, վրաս կը թափվին, ստակ կուզեն. փողոց կելնեմ, չորս կողմս կպաշարեն, ստակ կուզեն. ճաշարան կերթամ, բոլորտիքս կը շարվին, ստակ կուզեն. և ես ասոնց ձեռքին խալսելու համար տունեն փողոց, փողոցեն տուն կը վազեմ: Կաղաչեմ, ասոնց ձեռքեն խալսելու համար ո՞ր ծակը մտնեմ, ըսե՛ ինծի:

— Իրավունք ունիս. ես չե՞մ հասկնար. ինծի ալ թող տվի՞ն, որ սա թաղականին գործը պատմեմ:

— Քսան նամակ դեռ հիմա պատռեցի:

— Ի՞նչ ըսած էին այդ նամակներուն մեջ:

— Ըսած էին, թե հետս գալ կուզեին տանս վարժապետություն ընելու համար, թե գիրք մը ինծի պիտի նվիրեն եղեր, և ասոր համար քսան ոսկի տալու եմ եղեր, թե լրագրի երկու բաժանորդ գրվելու եղեր, թե... ի՞նչ գիտնամ, ո՞ր մեկը համրեմ, ո՞ր մեկն ըսեմ, դիմանալու բան չէ:

— Անոնք ալ աղքատ են խեղճերն, ինչ ընեն:

— Ապրելու համար թող ուրիշ գործ մը փնտրեն, արհեստ մը սորվին, վերջապես ընեն, ինչ որ կուզեն. ես ի՞նչ հանցանք ունիմ, որ կուզան գլուխս կը թափվին, եղբա՛յր. ունեցածս չունեցածս հանեմ, անո՞նց տամ:

— Ի՞նչու անոնց տաս:

— Մարդս քիչ մ՛ալ ամչնալու է.... չճանչցած մարդուս երթամ և բարև, աստծու բարին, ինծի ստակ տուր, ըսեմ... դուն կրնա՞ս ըսել:

— Աստված ան օրը չցցունե:

Սենյակին դուռը նորեն բացվեցավ, և քսանհինգ տարեկանի մոտ միջահասակ պատանի մը դողդողուն քայլերով ներս մտավ և նամակ մը հանձնեց Աբիսողոմ աղային, որ նամակը չբանալով հարցուց բարկությամբ․

— Ի՞նչ կուզես, մարդ:

— Մեջը գրված է,— պատասխանեց պատանին թոթովելով:

— Դուրսը մեջը քեզի ըլլա, ի՞նչ կուզես, ըսե:

— Վաղը իրիկուն ներկայացում մը պիտի տամ իմ հաշվույս համար, և ձեր ազնվության օթյակի մը տոմսակ բերի:

— Ես չեմ ուզեր,— պատասխանեց Աբիսողոմ աղան՝ նամակը պատանվույն երեսը նետելով:

— Բռնությամբ գործ ալ չըլլար,— ըսավ Մանուկ աղան:

— Տասը տարիե ի վեր,— ըսավ պատանին,— թատերական բեմին վրա կը քալեմ․․․

— Թող նստեիր,— պոռաց Աբիսողոմ աղան:

— Եվ ազգին ծառայություն կընեմ:

— Աղայություն ըներ թո՛ղ, ինչո՞ւ պետք իմին, ատոնք պարապ խոսքեր են:

— Իրավունք ունի, ատոնք պարապ խոսքեր են,— կրկնեց Մանուկ աղան:

— Տասը տարիե ի վեր է, որ բարոյական դպրոցի մը մեջ ազգին վարժապետություն կընեմ:

— Ի՞նչ փույթ ինծի:

— Ի՞նչ փույթ անոր,— արձագանք տվավ Մանուկ աղան:

— Եվ իրավունք ունիմ, կարծեմ, ինծի համար տրվելիք ներկայացման ձեզի պես ազնիվ մեկն ալ հրավիրել:

— Ես պետք չունիմ:

— Ան պետք չունի— կրկնեց Մանուկ աղան:

— Եթե դուք օթյակ մը չեք ընդունիր, որո՞ւ ուրեմն տամ օթյակի[80] տոմսակներն:

— Ուր ուզես, հոն տար․ ատ իմ խառնվելու բանս չէ:

---

[80] Լոժա:

— Ատ իր խառնվելու բանը չէ, տղա՛ս,— ըսավ Մանուկ աղան:

— Կաղաչեմ, մի՛ մերժեք այս տոմսակն․ եթե մերժելու ըլլաք, զիս փողոցներու մեջ խայտառակ ընելու պատճառ պիտի տաք:

— Գնա՛ բանդ, ես ձանձրացա այդ տեսակ խոսքեր մտիկ ընելէ:

— Ան ձանձրացավ այդ տեսակ խոսքեր մտիկ ընելէ,— հարեց Մանուկ աղան:

— Ա՛հ, եթե ասկից ձեռնունայն ետ դառնամ, իմ մահս պիտի տեսնեմ:

— Քեզ մտիկ ընելու ժամանակ չունիմ:

— Քեզ մտիկ ընելու ժամանակ չունի,— ըսավ Մանուկ աղան:

— Մեկ ոսկիի բան է, ընդունեցե՛ք զայն, կաղաչեմ, մեծ հուսով եկած եմ հոս, պարապ ետ մի դարձուներ զիս:

— Դուրս ե՛լ, գնա՛, աստվածդ սիրես, քե՞զ մտիկ պիտի ընենք հոս:

Սենյակին դուռը նորեն բացվեցավ, և մազերու մեջ ճերմակ ինկած՝ հիսունը անցած մարդ մը ներս մտավ հանկարծ և յուր խոսքերն Աբիսողոմ աղային ուղղելով՝

— Չե՞ս խպնիր[81] դուն,— հարցուց:

— Ինչո՞ւ պիտի խպնիմ,— պատասխանեց Աբիսողոմ աղան շվարելով:

— Ինչո՞ւ խեղճ տղան երկու ժամե ի վեր հոս կսպասցնես:

— Ո՞վ կսպասցունե, ո՞վ կուզե, որ սպասե, կը վռնտեմ, չերթալ:

— Կը վռնտես, բայց առանց մի ոսկի պարտքդ տալու:

— Ո՞վ պարտք ունի անոր:

— Դուն ունիս․ և եթե ան չըսեր ինծի, թե քեզմե առնելիքն այս իրիկուն պիտի առներ և ինծի պիտի տար, ես չէի տպեր այդ տոմսակներն և ներկայացման ազդերը: Երկու ժամ է, որ

[81] Ամաչել:

վարը դռան առջև կսպասեմ, որ իջնա և պարտքը տա, և դուն հոս կը խաղցունես խեղճը:

— Աս ի՞նչ է, ես անոր պարտք ունենա՛մ... ամեննին...

— Ամեննին,— ըսավ Մանուկ աղան:

— Ես անպատճառ առնելիք ունիմ չըսի քեզի, պարոն տպարանապետ,— ըսավ դերասանը,— այլ ըսի, թե օթյակի տոմսակ մը պիտի տամ, ոսկի մը պիտի առնեմ:

— Ինչո՞ւ ուրեմն խաբեցիր զիս, ստախո՛ս:

— Որպեսզի ծանուցումները ետ չմնան:

— Ես քու խաղալի՞քդ եմ:

— Ան քու խաղալի՞քդ է,— ըսավ Մանուկ աղան:

— Ինչո՞ւ խաղալիքս ըլլաս:

— Թշվառակա՛ն, խայտառա՛կ, անամո՛թ, աներե՛ս...

— Ատոնց ամենն ալ դու ես:

— Դո՛ւ ես:

— Ես չեմ, դու ես.

Ես չեմ, դու եսի վրա ծեծկվուք կը ծագի դերասանին և տպարարանապետին մեջ տեղ, Աբիսողոմ ու Մանուկ աղաները մեծ դժվարությամբ կը հաջողին զանոնք իրարմե բաժնել:

— Վա՛ր իջեք,— պոռաց Աբիսողոմ աղան զանոնք զատելեն ետքը,— վար իջեք և հոն կռվեցեք:

— Դուն մեր կռվույն խառնվելու ի՞նչ իրավունք ունիս. դուն զիս չես կրնար վռնտել. ես առնելիքս կուզեմ և ինծի պարտական եղողն ուր որ գտնեմ, հոն կրնամ մտնել:

— Դուն վար իջիր,— ըսավ դերասանին Աբիսողոմ աղան:

— Ի՞նչպես իջնամ. տեսար, որ աչքիդ առջև ինչեր ըրավ:

— Մինչև որ ան չիջնա, ես քայլ մը չեմ առներ,— կրկնեց տպարանապետը:

— Մինչև որ ան չհեռանա, ես չեմ կրնար փողոց ելնել,— ըսավ դերասանը:

— Մենք իջնանք ուրեմն, Մանուկ աղա,— ըսավ Աբիսողոմ աղան:

Դերասանը Աբիսողոմ աղային ծունկերուն փաթթվելով աղաչեց, որ ոսկի մը փոխ տա զոնե: Աբիսողոմ աղան շատ ընդդիմացավ, բայց հետո տեսնելով, որ անոնց ձեռքեն ուրիշ կերպով փրկվելու ճար չկա, ակռաները կրճտելով հանեց բարկությամբ, ոսկի մը տվավ տպարանապետին, որ շնորհակալություն հայտնելով դուրս ելավ: Դերասանն ալ ներումն խնդրելով վար իջավ և գնաց:

— Ասոր ի՞նչ կըսես, Մանուկ աղա:

— Ըսելիք չմնաց, Աբիսողոմ աղա:

— Հրամանքդ վար իջիր, դուռը գոցե և ապսպրե, որ չբանան դուռն:

— Շատ լավ:

— Որպեսզի այս գիշերը զոնե հանգիստ անցունենք և մեր ի՞նչ ընելիքին վրա խորհինք:

— Իրավունք ունիս:

— Շուտ ըրեք, վասնզի հիմա մեկիկ-մեկիկ կուգան:

— Հիմա կերթամ:

Մանուկ աղան վար գնաց իրեն տված հրամանները կատարելու, և Աբիսողոմ աղան գլուխը բարձի մը վրա դրավ քիչ մը հանգստանալու համար:

ԺԱ

Աբիսողոմ աղան քանի մը ժամ քնացավ բազմոցի վրա: Սակայն դատելով այն ձայներեն, զորս կը բառնար քունին մեջ, կը հասկցվեր, թե խմբագիրներն, բանաստեղծներն և դասատուներն քունի մեջ ալ հանգիստ չէին թողուր զինքն, որ կը պոռար մերթ ընդ մերթ. «գացե՛ք, կորսվեցե՛ք, ստակ չունիմ ա՛լ տալու»: Երեք ժամու չափ այսպես հուզված մրափելեն ետքը մեկեն ի մեկ աչքերը բացավ ահ գոչելով:

Կարծես խմբագիր մը անոր կոկորդեն սղմելով խղդեր կսպառնար զինքն, եթե չբարեհաճեր յուր թերթին բաժանորդ գրվելու: «Տեր ողորմյա, տեր ողորմյա»,— պոռաց աչերը շփելով,— «հանգիստ քուն մ՚ալ չունինք»:

Հետո ոտքի ելնելով զազը վառեց և կանչեց Մանուկ աղան, որուն քիչ մը կերակուր ապսպրեց[82]: Քառորդե մը բերվեցավ կերակուրն, որուն հաջորդեց խահվեն, որուն ետևեն եկավ քունը: Հանվեցավ Աբիսողոմ աղան և անկողինը մտավ քնանալու համար: Հարկ չէ կրկնել, թե նույն գիշերն հանդարտ քուն մը չունեցավ: Առավոտուն կանուխ ելավ անկողինեն, երեսը լվաց, հագվեցավ, տունեն դուրս ելավ և շիտակ պ. Դերենիկին գործատունը գնաց լուսանկար պատկերը քաշել տալու համար: Գործատունը դեռ բացված չէր, և Աբիսողոմ աղան Բերայի փողոցներուն մեջ կը շրջեր, որպեսզի ժամանակ անցնի, և գործատունը բացվի: Ժամը չորսին (ըստ տաճկաց) բացվեցավ գործատունը, և Աբիսողոմ աղան սանդուղե մը վեր ելնելով մտավ սենյակ մը, որ լուսանկար պատկերներով զարդարված էր և ուր պ. Դերենիկ նստած կը կարդար:

— Բարի եկաք, Աբիսողոմ աղա, սանկ հրամմեցեք,— ըսավ պ. Դերենիկ՝ սեղանի վրա դնելով լրագիրն:

Եվ հետո գրագրին դառնալով նշանացի հրամայեց անոր, որ խահվե բերեն:

— Ժամ առաջ քաշեք սա պատկերս, որովհետև քանի մը մեծ մարդոց այցելություն պիտի ընեմ:

— Շատ լավ:

— Կուզեմ, որ պատկերս փառավոր կերպով քաշվի: Կուզեմ թիկնաթոռի մը վրա նստիլ, առջևս ունենալ երկու սպասավոր, մեկ աղախին․ այնպես ըրեք, որպես թե ագարակի մը մեջ ըլլամ, աջդին վարուցան, ձախդին կովերեն կաթ կթեն, աջդին ոչխարներն արածեն, աջդին ցանեն՝ ձախդին քաղեն, աջդին հերկեն, ձախդին մածուն շինեն, աջդին

---

[82] Պատվիրել:

ձմերուկ փրցունեն, անդին կարագ շինեն, ասդին սազերը ծովու մեջ լողան, անդին անտառին մեջ փայտ կտրեն, ասդին սայլերով ցորեն փոխադրեն, անդին վերջապես ինչ որ կըլլա ագարակի մը մեջ, տեսնվի պատկերիս մեջ:

— Այդ ամենը կարելի չէ կատարել․ միայն քանի մը սպասավորներ կրնամ կայնեցնել քովդ:

— Ինչո՞ւ չըլլար:

— Որովհետև անկարելի է:

— Մեծ մարդոց համար ի՞նչպես կընեք:

— Անոնք աթոռի վրա նստած կամ ոտքի վրա քաշել կուտան իրենց կենդանագիրը[83]:

— Ի՞նչպես ուրեմն կը հասկցվի անոնց մեծ մարդ ըլլալը:

— Պատկերը մեծկակ[84] ու փայլուն կըլլա:

— Իմի՞նս ալ անանկ պիտի ըլլա ուրեմն:

— Այո՛:

— Ոտքի՞ վրա, թե նստած:

— Ինչպես որ կուզեք:

— Դուք ի՞նչպես կուզեք․ ի՞նչպես հանեմ նե, աղեկ կըլլա:

— Ձեզի համար ոտքի վրա կը վայլե:

— Շատ աղեկ․ սպասավորներն ալ դեմս:

— Այո՛:

— Ես անոնք չախելու պես կըլլամ, անոնք ալ առջևնին կը նային:

— Սքանչելի:

— Ծեծելու պես կըլլամ զանոնք, և վերջը բարկությունս իջած կըլլա:

— Աղեկ խորհած եք:

— Հագուստներս ի՞նչպես են:

— Ընտիր:

— Ուրիշ ժամացույց մը ալ ունիմ, անի ալ կրնա՞նք մեկ կողմերնիս կախել:

---

[83] Լուսանկար:

[84] Մի փոքր մեծ:

— Մեկ ժամացույցը բավական է, ավելին ավելորդ է:

— Այս հագուստներուս համար հիսուն ոսկի տված եմ․ անոնց խումաշին[85] աղեկ և ընտիր ըլլալն ի՞նչպես պիտի հասկցվի պատկերես:

— Հոգ մի՛ ըներ, կը հասկցվի:

— Ընտո՞ր[86] պիտի ցուցնես:

— Հանգիստ եղե՛ք:

— Չկարծվի սակայն, թե երկու ոսկինոց հագուստ է հագածս:

— Այդ մասին անհոգ եղե՛ք:

— Շատ լավ:

— Ես կերթամ անդիի սենյակն նախնական պատրաստությունները ընելու, քանի մը վայրկենեն հրամանքնիդ ալ հրամմեցեք:

— Շատ աղեկ:

— Եթե կուզեք, մինչև որ անդիի սրահը մտնեք, սափրիչ մը կանչել տանք, որ գա մազերդ ու բեղերդ սանտրե, շտկե ու շտկռտե:

— Աղեկ:

Գործարանի պաշտոնյաներեն մին վազելով կերթա սափրիչ մը բերելու:

Քանի մը վայրկյանեն կուգա սափրիչն, որ գլուխն ծռելով և ետ-ետ երթալով հարգանքներ կը մատուցանե Աբիսողոմ աղային:

— Եկուր սա մազերս շտկե, նայինք,— կըսե Աբիսողոմ աղան:

— Պարտքերնիս է,— կը պատասխանե սափրիչը:

— Աղեկ մը շտկե, որովհետև պատկերս հանել պիտի տամ:

— Գլխուս վրա: Ա՛բ. . .

— Ես շատ կարևորություն կուտամ գլխուս:

---

85 Թանկագին կերպաս:

86 Ի՞նչպես:

— Ինչու չտաք, վսեմապատիվ տեր... Ա՜խ... եթե դուք չտաք, ո՞վ տա: Ա՜խ... երանի թե ես ալ ուրիշ մտմտուք[87] չունենայի և...

— Շտկոտե[88] նայինք:

— Գիտեմ, որ ես հանցավոր եմ ձեզի *բարի եկաքի* չգալուս համար, բայց ի՞նչ ընեմ... պարագաները թող չտվին, որ կարենայի կատարել այդ պարտականությունս և այսօր երես ունենայի, աղաչեի ձեր վսեմության, որ...

— Վերջը կը խոսինք, սա մազերս սանրե... մարդը կսպասե ինծի:

— Վնաս չունի, անիկա կսպասե: Աղաչելու ձեր վսեմության, եթե կարելի է, հիսուն վաթսուն ոսկի մը... ես ալ ազգային սափրիչ մ՚ եմ:

— Ի՞նչ ըսել է հիսուն վաթսուն ոսկի...

— Կը խնդրեմ, մի բարկանաք, հիսուն վաթսուն ոսկի փոխատվություն մ՚ընեիք ինծ, որպեսզի այդ գումարն Փարիզ ղրկեի տղուս, որ այդ գումարով պարտքերը տար ու բժշկության վկայական առներ, զար ու քանի մը տարիեն վաստկեր ու տոկոսովն ձեզի հատուցաներ: Բայց ինչ օգուտ, որ այսօր երես չունիմ սանկ առաջարկություն մը ձեզի ընելու, որովհետև *բարի եկաքի* չեկա ձեզի: Եթե *բարի եկաքի* եկած ըլլայի ձեզի, համարձակություն կունենայի ձեզի աղաչելու, որ սա պզտիկ խնդիրքս կատարեիք, բայց քանի որ *բարի եկաքի* չեկա ձեզի, դուք ալ իրավունք ունիք խնդիրքս մերժելու, թեև ազգային արհեստավոր մ՚ ըլլամ:

— Հիմա ատանկ խոսքեր մտիկ ընելու ժամանակ չունիմ, ինչ որ պիտի ընես նե, ըրե... Աս ի՞նչ տարօրինակ քաղաք է . բարև, աստծու բարին, *բարա*[89] տուր... Մեկու մը բարև տալու չէ... Տեր ողորմյա... տեր աստված, մեղա... Ամեն

---

[87] Հոգս:

[88] Ուղղել, կարգի բերել:

[89] Փող:

բան սահման մ՛ ունի, էֆենտիմ... Հասկցա... ժամ առաջ փախչելու է այս քաղաքէն...

— Կերևի թե էֆենտին բարկացուցած են,— ըսավ՝ ներս մտնելով տարիքը հիսունին և վաթսունին մեջ կորսված քահանա մը:

— Աս չքաշվիր, տեր հայր:

— Ողջույն օրհնած. թեպետ և դուք զիս չեք ճանչնար, բայց ես ձերին ով ըլլալն շատ լավ գիտեմ... ի՞նչպես է, պատվական քեֆերնիդ աղե՞կ է:

— Շիտակը՝ աղեկ չէ:

— Աստված չընե. աստուծով քիչ ատենեն ավելի աղեկ կըլլա: Ձեզի հետ քիչ մը առանձին մնալ կուզեի: (Սափրիչին) Քիչ մը դուրս կելլա՞ք: Ես քեզի համար ալ կը խոսիմ, էֆենտիեն կը հասկնամ խնդիրքդ և ես ալ կը բարեխոսեմ, որ ի նպաստ քեզի բան մ՛ ընե: Էֆենտի, սափրիչնիս ալ, գիտեք ա՞, ազգայիններեն է, անոր ալ երակներուն մեջ Հայկա արյունը կ՚եռա, անտես ընելու չէ զանոնք ալ... (սափրիչը կերթա): Ձեզի հետ մասնավոր և առանձին տեսակցություն մ՛ ընել ուզելուս պատճառն աս է, որ հրամանքնիդ կարգվիլ կուզեք եղեր... և ինչո՞ւ չկարգվիք: Իմացա նե, շատ ուրախացա, և ինչո՞ւ չուրախանայի: Ձեզիպեսներն կարգվելու են, որ ազգերնուս մեջ հարուստ աղայք շատնան: Աղվոր աղջիկ կը փնտրեք կոր եղեր... և ինչո՞ւ չփնտրեք. ես ալ ձեր տեղն ըլլայի նե, ես ալ կը փնտրեի: Ստակ ալ կուզեք կոր եղեր քիչ մը... ինչո՞ւ չուզեք, առանց ստակի կարգվիլն ալ, շիտակը, աղեկ բան մը չէ: Այդ ես իմ ձեռքիս տակն ունիմ անանկ աղջիկներ, որ թե աղվոր են և թե հարուստ:

— Շնորհակալ եմ, օր մը կը նայինք, աչքե կանցունենք զանոնք: Եթե կուզեք, քիչ մը սպասեցեք, սա պատկերս քաշել տամ ու երթանք: Շիտակը խոսելով՝ ես ուրիշ գործ չունիմ հոս, աղջիկ փնտրելու եկած եմ. քանի մ՛ օր պիտի մնամ.. եթե կրցի գտնել, կարգվիմ պիտի հետն ու առնեմ, պիտի երթամ, եթե չգտնեմ, դարձյալ պիտի երթամ, որովհետև հոս հանգիստ չեն թողուր զիս վայրկյան մը. ալ ձանձրացա:

— Իրավունք ունիք, ժամանակներն ալ գեշ են, էֆենտիս, դրամական տագնապ, տագնապ դրամական ամենուրեք կը տիրե, ազգին աղքատները շատ են: Ինչ որ է, կսպասեմ ձեզի ու ի միասին կերթանք:

— Սա անպիտանն ալ մազերս շտկելու համար եկավ ու. . .

Այս միջոցին պ. Դերենիկ ներս կմտնե ու

— Հրամմեցեք,— կըսե,— սրահը:

— Բայց մազերս. . .

— Հոգ չէ, ես կը սանտրեմ:

— Բայց բեղերս. . .

— Վնաս չունի, ես կը շտկեմ:

Պ. Դերենիկ Աբիսողոմ աղային կառաջնորդե լուսանկարի սրահը:

Քահանան առանձին կը մնա և կսկսի մտքովը հետևյալ խորհրդածություններն ընել: Բայց ի՞նչպես կրնանք մտքով եղած խորհրդածություններն գուշակել. դեմքեն անշուշտ. դեմքերը շատ անգամ կը խոսին. ինչպես հարուստներուն, նույնպես նաև աղքատներուն լեզուն շատ անգամ անոնց դեմքին վրա է: Մեկու մը դեմքը նայելով կրնանք ըսել՝

— Այս մարդն իձմե ստակ ուզելու եկած է, կամ այս մարդն ինձի ստակ տալու եկած է:

Քահանային դեմքն ալ կըսեր. «Ի՞նչ ճանփա բռնեմ, որ սա ձմեռվան ածուխիս ու փայտիս ստակն սա մարդեն փրցնեմ»[90]:

Քահանան այս խորհրդածությանց մեջ էր, երբ սափրիչն ներս մտավ նորեն ու քահանային ըսավ.

— Տեր հայր, գործս ավրեցիր[91] եթե ներս չմտնեիր, քանի մ՛ ոսկի պիտի փրցնեի այս մարդեն. տվող է՝ կըսեն կոր, տվող. բոլոր խմբագիրներուն և դասատուներուն ստակ տվեր է:

---

[90] Պոկել:

[91] Խանգարել, փչացնել:

— Եղբայր, անոնք չե՞ն մի, որ պատճառ կըլլան կոր, որ մեզի պես աղքատները չեն կրնար կոր օտարականներե ստակ փրցնել։ Հյուր մը եկա՞վ մի, բոլոր խմբագիրներն ու դասատուները վրան կը թափին կոր . . . անիծյալ զարշելիներ. . .

— Ի՞նչ պիտի ընենք հիմա:

— Ես քեզի համար կբարեխոսեմ, դուն ալ ինձի համար միջնորդե, գոնե մեյմեկ[92] կտոր բան փրցնենք սա մարդեն:

— Շատ աղեկ:

— Հիմա հոս պիտի գա, ես անոր ականջն ի վար կըսեմ, որ այս սափրիչը գոհ ըրե, որովհետև շատ հարուստ տուներ կը մտնե, կելնե և կրնա, եթե ուզե, գործդ ավրել:

— Գործը ի՞նչ է:

— Հարուստ աղջիկ մը կը փնտրե կոր:

— Աղեկ։ Ես ալ կըսեմ, որ քահանայեն զատ մեկու մը մի՛ վստահիր:

— Շատ աղեկ:

— Աս աղեկ ճանփա է:

— Միամիտին մեկն է:

— Այո՛, դյուրահավան է, բայց կողոպտեր են մարդը, էֆենտի՛մ, կողոպտեր են. մենք շատ ուշ հասանք:

Աբիսողոմ աղան զվարթ դեմքով կը դառնա սենյակն, ուր քահանան սափրիչին հետ կխոսեր:

— Ներեցե՛ք, Աբիսողոմ աղա,— կըսե սափրիչն,— ձեզի այդ խնդիրքն ընելուս համար. սակայն ես կարծեցի, թե կրնայի իմ կողմես ես ալ ծառայություն մ՛ընել ձեզ:

— Աբիսողոմ աղա, պետք է գիտնալ, որ,— կըսե քահանան,— մեր սափրիչ էֆենտին գրեթե մայրաքաղաքիս բոլոր հարուստ տուները կը մտնե, բոլոր աղջիկները կճանչնա:

— Ի՞նչ կըսեք:

---

[92] Մի մի:

— Այո՛, ինքն ալ բարի մարդ մ՚է, կատարեցեք խնդիրքը, մեղք է:

— Արժանապատիվ հորեն մի զատվիք, եթե անանկ միտք մ՚ունիք. տեր հոր ձեռամբ կարգված երիտասարդներն միշտ գոհ մնացած են։ Ուրախ եմ, որ ձեր գործը տեր հոր պես բանիբուն և գործունյա քահանայի մը ձեռքն ինկած է, վստահ եղեք, որ երջանիկ պիտի ըլլաք ձեր ամուսնության մեջ:

— Բայց դուք ալ պիտի օգնեք ինձի, տեր սափրիչ,— կը հարե քահանան:

— Ես ի՞նչ բանի կարող եմ . . .

— Ձեր աջակցությունն ալ պետք է:

— Կընեմ, ինչ որ կարող եմ ընել:

— Շնորհակալ եմ։ Աբիսողոմ աղան օտարական չէ, ազգային է, կարգվելու համար եկած է հոս. մեր պարտքն է օգնել իրեն:

— Հարկավ։ Աբիսողոմ աղային հետ ատելություն մը չունիմ ես, մանավանդ թե ինքը շատ բարի ու առաքինի մարդ մ՚է:

— Երեսին խոսիլ չըլլա, ընտիր մարդ մ՚է:

— Պատվական մարդ է:

— Վրան նայես նե, կըսես, որ քիպարությունը[93] վրայեն կը վազե կոր:

— Ո՞վ կը պնդե՞ հակառակը, ես անոր թշնամին չեմ:

— Այսինքն թե որ քեզի այլ հարցվի նե, բարի վկայություն տաս:

— Անշուշտ:

— Աբիսողոմ աղան չիյ[94] մարդ չէ, քեզի կվարձատրե վերջը:

— Գլխուս վրա, գլխուս վրա։ Ա՜խ, տղուս վկայականն առնվեր անգամ մը:

— Հինգ օրեն ետքը, Աբիսողոմ աղա, հինգ օրեն ետքը

[93] Ազնվություն, վեհանձնություն:

[94] Խակ։

պատրաստ են պատկերները,— ըսավ պ․ Դերենիկ ներս մտնելով:

— Շատ աղեկ,— պատասխանեց Աբիսողոմ աղան ու գործարանեն վար իջավ ընկերակցությամբ քահանային ու սափրիչին:

ԺԲ

Տիկին Շուշան, զոր ընթերցողն մոռցած չէ անշուշտ, Աբիսողոմ աղային տունեն տեղեկացած էր, թե... քահանան Աբիսողոմ աղան գտնելու համար պ․ Դերենիկի գործատունն գացած էր։ Ուստի որսն քահանային հափշտակել չտալու համար՝ հևալով կը վազեր դեպի ի պ․ Դերենիկի գործարանը, ուր կը հասներ ճիշտ այն վայրկենին, որում քահանան սափրիչն վարպետությամբ ճանփելե հետո՝ Աբիսողոմ աղային կբարեխոսե հետևյալ կերպով. «Ներեցեք, որ քիչ մ՚ ուշացա ճշմարտությունն ձեզի հայտնելու սափրիչի մասին։ Այս սափրիչը աներես մարդ մ՚ է, բոլոր Պոլիս եկողներուն օձիքեն կբռնե և անոնցմե ստակ կորզելու կաշխատի: Անպիտանին մեկն է։ Իմ պարտքս է, որպես խոստովանահայր, զգուշացնել զձեզ այս կարգի մարդերեն, որք միմիայն քանի մը ոսկի հափշտակելու նպատակով կը մոտենան հարուստներուն։ Ո՜րքան կատեմ այդ մարդերը:

— Շնորհակալ եմ ձեր բարեսրտութենեն և մարդասիրութենեն:

— Երեսս մի՛ տար այդ մարդոց:

— Ո՛չ,

— Տեր պապա[95], դու ի՞նչ գործ ունիս Աբիսողոմ աղային

[95] Տեր հայր:

հետ,— կը հարցնէ տիկին Շուշանն, որ, ինչպես ըսինք, հնալով հասած էր:

— Պզտիկ գործ մը:

— Ոչ, բնավ գործ պիտի չունենաս դուն անոր հետը. դուք ձեր պարտքը կատարեցեք և թող տվեք, որ մենք ալ մերինը կատարենք. ալ խպնեցե՛ք քիչ մը: Երթանք, Աբիսողոմ աղա:

— Ո՛չ, դուք խպնեցեք քիչ մը, մենք Աբիսողոմ աղային հետ պզտիկ գործ մ՚ունինք. երթանք, Աբիսողո՛մ աղա:

Եվ քահանան Աբիսողոմ աղային ձախ թևէն կը քաշէ:

— Տեր պապայի մը չվայլեր ըրածդ:

— Լռե՛:

— Չպիտի լռեմ:

— Թո՛ղ տվեք թևերս:

— Թող՛ չեմ տար,— կը պաաասխանէ տիկին Շուշան,— իմ իրավունքս է:

— Ոչ, իմ իրավունքս է:

— Քանի մը հարյուր դահեկան առնելու համար կուզես, որ խեղճ մարդը թշվառ ընես. դուն աղջիկ չես ճանչնար:

— Մի՛ պոռար. պիտի թողում, որ կողոպտեք այս ազնիվ մարդն, այնպես չէ՞:

— Ինչո՞ւ կռիվ կընեք, ամոթ չէ՞... ես չեմ ուզեր աղջիկ:

— Չըլլար,— կը պատասխանէ տիկին Շուշան,— մենք քեզի աղջիկ մը պիտի գտնենք. բայց թե որ տեր պապային ձեռքով աղջիկ փնտրես, գիտցած եղիր, որ պատիվդ մեկ ստակի[96] կըլլա:

— Ընդհակառակն, քահանայի ձեռամբը աղջիկ փնտրողն է պատվավորը: Երթանք, Աբիսողոմ աղա:

— Թող չեմ տար:

— Երթանք, Աբիսողոմ աղա:

— Թող չեմ տար, որ երթա. ես անոր աղջիկներ պատրաստած եմ, աղջիկտեսի պիտի երթանք:

[96] Դրամ:

Այս տեսարանը տեղի կունենար պ․ Դերենիկի գործատան [97] առջև, և անցնողներեն պզտիկ խումբ մը հանդիսականի պաշտոն կը վարեր անդ, երբ Մանուկ աղան ստիպված Աբիսողոմ աղան անպատճառ գտնելու՝ եկավ հոն, տեսավ Աբիսողոմ աղան, որուն մեկ թևեն քահանան և մյուս թևեն տիկին Շուշան կը քաշեր, և մեկդի քաշելով զայն՝ քանի մը ծանր խոսքեր ուղղեց քահանային և տիկին Շուշանին և հեռացուց զանոնք:

— Ա՛հ,— ըսավ Մանուկ աղան Աբիսողոմ աղայի դառնալով,— հանցանքը ձերն է, ամենուն երես կուտաք․ ասոնք միմիայն քեզմե օգտվելու համար կը մոտենան քովդ:

— Իրա՞վ կըսեք:

— Ինչո՞ւ սուտ պիտի զրուցեմ: Կարգվիլ կուզես, լավ․ ես գտնեմ քեզի աղջիկներ, ընտրե և ուզածդ առ:

— Աղեկ ըսիր:

— Պատվավոր ընտանիքե աղջիկներ ցուցնել տամ քեզի:

— Ցուցո՛ւր:

— Միջնորդով աղջիկ փնտրելու ժամանակը անցած է հիմա:

— Այդպե՞ս է:

— Մինչև անգամ ամոթ է:

— Ամոթ է նե, չուզեր:

— Ես քեզի աղջիկ կը հավնեցնեմ:

— Շնորհակալ եմ:

— Տուր ինծի դուն սըկեց հիսուն ոսկի:

— Սա ի՞նչ ըսել է:

— Տուր դուն ինծի հիսուն ոսկի:

— Ի՞նչու տամ:

— Ա՛լլահ, ա՛լլահ[98], տուր կըսեմ կոր նե, հարկավ բան մը գիտեմ կոր․ տեր ողորմյա, պիտի առնեմ, չպիտի փախչիմ յա:

---

[97] Արհեստանոց:

[98] Աստված:

— Չպիտի փախչիս, բայց...

— Կը վախնա՞ս կոր ինծի հիսուն ոսկի տալու, արդեն այքան գումար մը պահանջող եմ ես քեզմե, ձեզի համար այնքա՜ն ծախքեր բրած եմ:

— Այնքան ծախքե՜ր... ի՞նչ ծախքեր են անոնք...

— Մեկիկ մեկեկ չպիտի գրենք ա՛, տիկինը գիտե: Բայց թողունք այդ խնդիրը հիմա:

— Ո՛չ, չթողունք այս խնդիրը. հիսուն ոսկի... քա՞նի օր եղավ որ...

— Մեկու մը պարտք ունեի, այսօր եկավ, նեղը խոթեց զիս, և եթե այդ գումարը չվճարեմ, տունեն պիտի հանեն մեզի: Ասիկա ինծի համար ամոթ է, քեզի համար ալ պատվաբեր բան մը չէ: Տուր սա հիսուն ոսկին, հաշիվը կը կարգադրենք վերջը:

— Ի՞նչ խայտառակություն է աս...

— Աղջիկ գտնամ նե, միջնորդեք[99] չպիտի ուզեմ ես քեզմե. տուր սա հիսուն ոսկին:

— Ինչո՞ւ տամ... ի՞նչ բրի ես քեզի...

— Կցավիմ, որ խոսք չեք հասկնար կոր. քեզի ինչ կըսեմ կոր նե, ան բրե. ինչո՞ւ չես տար կոր սա հիսուն ոսկին:

— Չեմ տար, տունեդ ալ կելնեմ, կերթամ:

Եվ խոսելով դեպ ի տուն կը քալեին:

— Հիսուն ոսկին ալ մեծ բան մ՚ըլլար, որ չեք ուզեր կոր տալ: Իրավ որ ես ձեզմե չէի հուսար:

— Հուսացե՛ք:

— Ձեր քիպարությանը չէի ձգեր, որ հիսուն ոսկիի խոսքն ըներ:

— Սնդուկներս կառնեմ, կերթամ ես:

— Կրնաք երթալ, բայց հիսուն ոսկին տալեն ետքը:

— Չեմ տար:

— Կուտար:

[99] Մի գործ հաջողեցնելու համար միջնորդություն:

Կիասնին Ծաղկի փողոց, ուր եկած էին նաև քահանան, սափրիչն ու տիկին Շուշան:

— Գնացե՛ք, մեկղի ցացեք, երեսնիդ տեսնել չեմ ուզեր,— պոռաց Աբիսողոմ աղան տեսնելով զանոնք:

Հետո դուռը զարկավ, ներս մտավ և սկսավ սնդուկները կապել ի զարմացումն տան տիկնոջ:

— Ինչո՞ւ կը ժողվըվիք կոր, Աբիսողոմ աղա,— հարցուց տան տիկինը:

— Երթամ պիտի, պիտի երթամ: Միտքս փոխեցի. չպիտի կարգվիմ:

— Բարկացուցի՞ն ձեզի:

— Ո՛չ,

— Ինչո՞ւ ուրեմն բարկացած եք:

— Բարկացած չեմ:

— Քուզում[100] Աբիսողոմ Աղա, Մանուկ աղան հիսուն ոսկի պիտի ուզեր քեզմե, ուզե՞ց:

— Ուզեց:

— Սխալմունք մ՚է եղեր:

— Սխալմո՞ւնք է եղեր:

— Այո՛, հիսուն ոսկի չպիտի ըլլա, այլ հարյուր հիսուն ոսկի: Սա բարությունն ըրե՛ մեզի: Դուն քիպար մարդ ես: Մենք ալ քու սայեյեղ[101] պարտքե կազատինք:

Աբիսողոմ աղան սնդուկները կապելն, փողոց ցատկելն, երեք բեռնակիր բերելն ու սնդուկներն դուրս հանելն մեկ կընե:

Սափրիչը, քահանան, տիկին Շուշան և Մանուկ աղան կը հետևին իրեն մինչև... հյուրանոցի դուռը: Ուսկից կը մտնե Աբիսողոմ աղան, և կիեռանան իրեն հետևողները: Բացի Մանուկ աղայեն, որը կընկերանա Աբիսողոմ աղային հաշիվները կարգավորելու համար:

Այն օրեն ի վեր Աբիսողոմ աղան տեսնող չեղավ. միայն

---

[100] Սիրելի:

[101] Հովանի, պաշտպանություն:

թե քանի մը շաբաթներ նույն հյուրանոցին դռան առջև կտեսնվեին խմբագիրք, հեղինակք, բանաստեղծք՝ իրենց թևի տակը թղթյա ծրարներ ունենալով:

Այսպես ուրեմն, կարգվելու նպատակավ Պոլիս եկող աղջիկ մ՝ իսկ տեսնելու ժամանակ չունեցավ և, ինչպես կըսեն, *բուրդ ու բայում*[102] փախավ մայրաքաղաքես: Բայց անջնջելի հիշատակ մը թողուց գրական մարդոց մտքին մեջ:

Երբ երկու երեք հեղինակք մեկտեղին, «ինտոր փախցուցինք սա Աբիսողոմ աղան» կըսեն ու կը խնդան քիչ մը:

Իսկ երբ դրամական տագնապի մեջ գտնվին,— «աստված, Աբիսողոմ աղա մը դրկե մեզի»— կըսեն և իրենց մտքով ալ կը հավելուն.— խնդրեցեք զ Աբիսողոմ աղան, և ամենայն ինչ հավելցի ձեզ[103]»:

Մեծատուններն ալ կհիշեն Աբիսողոմ աղան, երբ գրական մարդ մը անոնց մեկենասություն խնդրե:

Աբիսողոմ աղա չենք մենք, կըսեն:

Իսկ մենք, որ ներկայացած չենք Աբիսողոմ աղային, կը հրատարակենք սույն գործն ոչ այնքան մեղադրելու նպատակավ ազգային խմբագիրներն, հեղինակներն, բանաստեղծներն և այլն, որքան ներկայացնելու համար ապագա սերնդյան՝ ժամանակիս գրագետներու ողբալի կացությունն և գրականության մասին ազգային մեծատուններու սարսափելի անտարբերությունը:

---

[102] Հողաթափ, չուստ. օձիքն ազատելով փախչել:

[103] Որոնեցեք Աբիսողոմ աղային, և ամեն բան կտրվի ձեզ

Made in the USA
Las Vegas, NV
28 June 2022